Juan Valera

Pasarse de listo

Barcelona **2024**
Linkgua-ediciones.com

Créditos

Título original: Pasarse de listo.

© 2024, Red ediciones S.L.

e-mail: info@linkgua.com

Diseño de cubierta: Michel Mallard.

ISBN tapa dura: 978-84-9953-685-9.
ISBN rústica: 978-84-9816-332-2.
ISBN ebook: 978-84-9897-960-2.

Sumario

Brevísima presentación

La vida
Juan Valera (Cabra, Córdoba, 1824-Madrid, 1905).España.
Político y diplomático, fue un hombre culto y refinado, con numerosas aventuras amorosas y amistades literarias. Se inició en el servicio diplomático con el duque de Rivas, siendo este embajador en Nápoles, y allí estudió griego. Más tarde estuvo en Portugal, Rusia, Alemania, Brasil, Estados Unidos, Bélgica y Austria.

I

Toda persona elegante que se respeta debe ir a veranear. Es una ordinariez quedarse en Madrid el verano.

Lo más tónico es ir a algunas aguas en Alemania o Francia; pasar luego una temporadita a la orilla del mar en Biarritz, en Trouville o en Brighton, y acabar el verano, antes de volver a esta villa y corte, en algún magnífico *château* o cosa por el estilo, que debemos poseer, si es posible, en tierra extraña, y cuando no, aunque esto es menos *comm'il faut*, en nuestra propia tierra española.

Tal es el supremo ideal aristocrático a que aspiramos todos en lo tocante a veraneo. Para realizarle totalmente se ofrecen no pocos obstáculos. Lo más común es no tener *château*, ni algo que remotamente se le asemeje, ni en la Península ni en la vasta extensión del continente europeo; pero esta falta se suple o se disimula si poseemos una casa de campo, una casería o un cortijo, lo cual, hablando en francés, puede calificarse de *château*, sin gran escrúpulo de conciencia.

Todavía, sin embargo, ocurre muy a menudo que la familia elegante, o con humos de elegante, carece de hogar de donde los humos procedan; esto es, no tiene ni siquiera cortijo. Si le tiene algún amigo o pariente, la familia puede aprovecharse de la amistad o del parentesco. Si de ningún modo hay ni cortijo, se suprime la parte meramente rústica y se limita el veraneo a la parte hidropática, dulce, salada o ambas cosas. Quiere esto significar que, no habiendo château ni cortijo donde pasar un mes, se emplea todo el tiempo en los baños, aunque nadie de la familia se bañe nunca. Basta tomar las aguas por inhalación, respirando, pongo por caso, las brisas del Atlántico en el mencionado Biarritz, en San Juan de Luz, en San Sebastián, en Santander o en Deva.

Por último, si el afán de eclipsarse en estos meses de calor atribula demasiado, y la bolsa se halla tan escurrida, que no hay ni para ir a bañarse o a ver la mar en Motrico, se va el elegante, o la familia elegante, a cualquier lugar de la Mancha, donde a veces lo llano y escueto, y sin árboles ni matas del terreno, imita la mar, y los cigarrones, los cangrejos y peces, y allí se está tomando el fresco a todo su sabor, hasta que ya es la época y sazón oportuna de volver a Madrid sin infringir las leyes y liturgias del buen tono.

Hay familias, pero yo apenas lo quiero creer, de quienes se asegura que, por no infringir dichas leyes y liturgias, hacen como que se van de viaje, y con discreto y económico disimulo se quedan aquí, en reclusión severísima, sufriendo este linaje de martirio, para tener propicia a la deidad a quien rinden culto, que es la Moda.

Sea como sea, ya de veras, ya valiéndose de tretas y de recursos algo sofísticos, ello es el caso que en los meses de julio, agosto y septiembre apenas queda en Madrid persona conocida.

Las personas que quedan, se dice en estilo culto, que no son conocidas, para dar a entender que no son de la crema de la sociedad; de la flor y la nata. Por lo demás, harto conocidas suelen ser de los que se han ido, no pocos de los cuales, cabe en los límites de lo verosímil, y a veces de lo probable, que les deban el dinero con que se fueron, o el calzado o la vestidura con que se engalanarán en los baños.

Tranquilicémonos, no obstante, y no compadezcamos a las personas no conocidas que fiaron o prestaron. Ya lo cobrarán, como es justo, incluyendo en el cobro todo lucro cesante y todo daño, emergente.

En suma, y sin meternos en más averiguaciones ni en honduras económicas o crematísticas, Madrid en verano se queda sin su aristocracia; se queda como acéfalo; se queda como jardín sin sus más bellas flores; se queda como haza segada: parece un barbecho de distinción y de finura.

Yo lo siento y lo extraño. Madrid, desde que vino el Lozoya, ha ganado mucho, y no merece este abandono general cuando no es verdaderamente necesario tomar aguas o visitar la heredad o hacienda propia, o cuando no se posee bastante dinero para viajar por esos mundos como un nababo.

Aquí, en verano, digan lo que quieran los que no piensan como nosotros, no hace más calor que en Biarritz o en San Sebastián; aquí, en verano, hay no pocas diversiones, más o menos inocentes, y no se emplea mal la vida.

Arderíus y sus bufos son baratos y entretenidos. ¿En qué aguas se encontrará un teatro como el de Arderíus? Es cierto que, desde hace poco, nos ha entrado un furor de moralidad, un púdico rubor, que todo lo condena y de todo se solevanta. Críticos y moralistas han levantado una cruzada contra los bufos. Peto los bufos seguirán triunfantes, a pesar de todas las disertaciones morales que contra ellos se fulminen. Les sucederá lo mismo, que a los toros. Hasta se puede sostener que los bufos son más invencibles. Las razones que contra ellos se aducen son infinitamente menos fundadas.

Sublime espectáculo, sin duda, es ver a un mozo gallardo, sin más defensa ni escudo que flotante velo rojo, vestido de seda, más aderezado para, fiesta o baile que para brava y terrible lucha, ponerse delante de irritada y poderosa fiera, llamarla a sí y darle muerte pronta, cayendo sobre ella con el agudo acero. Si, por desgracia, fuere el lidiador quien en aquel instante muriese, su muerte, ya que no moral, tendrá no poco de hermosa, y la compasión y el terror que causare estarán purificados por la belleza, de acuerdo con las reglas de la tragedia, escritas por el gran filósofo griego. Lo malo es que para llegar a este trance de la muerte tenemos que presenciar antes el brutal, largo y rudo suplicio del noble animal destinado a morir; tenemos que ver acribillada su piel con pinchos y garfios, que se quedan colgando, si no se los arrancan con las túrdigas del pellejo; y tenemos que contemplar asimismo la inmunda crueldad con que son tratados los infelices jamelgos. Ellos sirven de diversión en las convulsiones y estertores de la agonía; derraman por la arena su sangre y sus entrañas; se pisan al andar el redaño y los sueltos intestinos, y andan, no obstante, a fuerza de los espolazos del picador y en virtud de los palos que sacude en sus descarnados lomos un fiero ganapán, quien innoble y grotescamente va por detrás dando aquella paliza, a fin de aumentar el dolor y sacar del dolor un resto de movimiento y de energía en un ser moribundo, que, si no tiene pensamiento, tiene nervios y siente como nosotros. Con escenas tales no debiera haber tan duro corazón que a piedad no se moviese, ni sujeto de gusto artístico y de alguna elegancia de costumbres que no las repugnase por lo groseras y villanas, ni estómago de bronce que no sintiese todos los efectos del mareo.

En resolución: la muerte del toro es bella, si el matador atina y no pasa de dar dos o tres estocadas; pero, francamente (hablo con sinceridad; yo no soy declamador ni aficionado a sentimentalismos), lo que precede es abominable por cualquier lado que se mire.

Repetimos, a pesar de todo, que los toros seguirán. Nosotros mismos no nos atrevemos a pedir que se supriman, porque hay en ellos algo de poético y de nacional, que nos agrada. Nos contentaríamos con ciertas reformas, si fueran posibles. Casi nos contentaríamos con que no muriesen caballos de tan desastrada y fea muerte.

En cuanto a los bufos, que, según hemos dicho, tienen hoy más enemigos que los toros, ni reforma ni nada pedimos. Nos parecen bien como son. Casi no comprendemos la causa de la censura que de ellos se hace.

En primer lugar, los bufos son los bufos, y no son el sermón o el jubileo. La madre que anhele conservar el tesoro de candor que hay en el alma de su hija, y hasta acrecentarle, llévela a cualquiera de las muchas iglesias que contiene Madrid, y no la lleve a oír las zarzuelas. Vayan solo a los bufos, si tan malos son, los hombres curados de espanto, y aquellas mujeres, que no faltan, curtidas ya en todo género de malicias, o bien las que son tan inocentes, que, si alguna malicia llegan a oír, no aciertan a entenderla.

Por otra parte, yo me atrevo a sostener que en la más desvergonzada zarzuela bufa no hay la quinta parte de los chistes primaverales o verdosos que en muchas comedias de Tirso, que en muchos sainetes de don Ramón de la Cruz y que en muchas otras producciones dramáticas de nuestro gran teatro clásico.

El principal motivo de la censura contra los bufos procede de una curiosa manía que, desde hace pocos años, se ha apoderado de las inteligencias más sentenciosas. Los bufos vinieron de París; en los bufos suele bailarse el cancán; los bufos gustan en Francia; Francia ha sido vencida por Alemania en la última guerra; luego los bufos, enervando y corrompiendo a la nación, han tenido la culpa de la derrota. Esto se ha dicho ya en todos los tonos, y sobre esto se han escrito profundas disertaciones. A nadie, con todo, se le ha ocurrido declarar que en Alemania agradan los bufos más aún que en Francia; que en Alemania se pirran los hombres por el cancán, y que los que han vencido a los franceses no salían de zurrarse con unas disciplinas, sino de ver bailar el cancán o de bailarle cuando los vencieron.

En cuanto a que los bufos corrompen o tiran a corromper el buen gusto literario, aún es más infundada la acusación. Pues qué, ¿la música, mala o buena, es incompatible con la discreción, con el sentido común, con el ingenio, con la gracia urbana y con otros requisitos y excelencias de que va o pudiera ir adornada una fábula dramática? Si alguna fábula dramática, de estas ligeras, regocijadas o bufas, carece de tales prendas, cúlpese singularmente al autor y a su obra, y no al género todo y a todos los autores. ¿Tiene más el público que silbarla? Y si el público no la silba, sino que la aplaude, y la zarzuela es tonta, esto probará la bondad del público. Denle algo menos tonto y lo aplaudirá más.

Y cuando no se da algo menos tonto, crean los críticos que es porque no hay nada menos tonto. Si lo hubiera, se daría.

Lo que acabamos de decir parece una perogrullada; pero reflexiónese bien y se verá que no lo es. El autor de zarzuelas es siempre autor dramático. Si escribe malas zarzuelas, peores dramas escribirá. El discurso del crítico que condena la zarzuela, despojado de tiquismiquis, es éste: «Tu zarzuela es tonta y chabacana: escribe dramas y no escribas zarzuelas». A lo que modestamente pudiera contestar el autor: «Si escribiendo zarzuelas, que son más fáciles y tienen menos pretensiones, lo hago mal, ¿qué haré si me pongo a escribir dramas?».

La zarzuela, además, es una cosa, y otra cosa es un buen drama o una buena comedia, y no se opone el que se escriban zarzuelas a que salgan a relucir nuevos Lopes y Calderones que escriban dramas magníficos.

Veo que me voy muy lejos con mi digresión. Volvamos al asunto de que quiero tratar aquí.

Decía yo que, en verano, aunque se van de Madrid las personas más elegantes, Madrid queda bastante animado y divertido.

El centro de la animación, el principal hechizo de Madrid en verano, está en los Jardines del Buen Retiro, de nueve a doce de la noche.

La historia que voy a referir empezó allí, hoy hace justamente cuatro años, a 9 de agosto de 1873.

II

Era noche de grande entrada. Allí estaban casi todos los jóvenes perio-distas, empleados y poetas; cuanta cursi hay en Madrid, esto es, todas las señoras y señoritas de poquísimo dinero que aspiran a ser notadas o conocidas en la buena sociedad, o dígase en la sociedad de más dinero, por mala que sea; muchas familias honradas de la clase media, sin otras aspiraciones que las de aspirar el aire fresco y distraerse un poco oyendo la música; las suripantas o hetairas de todos los grados y categorías, con tal de haberse encontrado poseedoras de una peseta a la hora de entrar; multitud de hombres políticos notables de los quince o veinte partidos que hay en España; un centenar de generales; no pocos diputados, senadores y ministros, y, por último, aquella parte del beau monde que aun no había salido a veranear, que prometía salir, o que se hallaba tan segura de su crédito de pudiente, que no temía comprometerle pasando en Madrid un verano.

Todo este público, o estaba sentado en sillas y bancos, formando corros, murmurando, politiqueando, coqueteando o enamorándose, o giraba en torno del quiosco, desde donde sonaba la música, dando vueltas y vueltas, aunque sea pérfida comparación, como mulos de noria.

El jardín, como nadie ignora, es muy bonito, y por la noche, iluminado con luces de gas veladas por globos de cristal blanco y opaco, parece mayor. Aquella iluminación presta a los árboles y a la verde hierba y a las flores cierta vaguedad y hermosura. La animación y el bullicio dan al conjunto superior agrado.

Las mujeres, cuando no las ciega la vanidad o el prurito de distinguirse, van por lo común bien vestidas. De cada veinte se puede afirmar que una, a lo más, y no es mucho, suele encomendarse al diablo para que la vista y la peine, por donde aparece en los Jardines hecha una tarasca; pero las otras diecinueve van como Dios manda; unas de mantilla, otras de sombrero, y no pocas son muy guapas, sea como sea lo que lleven.

Lo único que, en general, pudiera censurarse aquella noche, y puede censurarse aún en el traje de las mujeres, es lo largo de las colas. Para ir a pie a los Jardines, y, aunque se vaya en coche, para pasear luego a pie, es feísimo y sucio todo aquel aditamento de enagua blanca y de vestido que va

14

arrastrando, llenándose de polvo, levantándole y esparciéndole en el aire, y barriendo, por último, cuanta inmundicia encuentra al paso. La cola no está bien sino para andar sobre limpias y mullidas alfombras, o sobre mármol bruñido y lustroso, o sobre preciosas y pulidas maderas, incrustadas de primoroso mosaico. Para andar pon el campo, donde suele haber lodo y quién sabe cuántas cosas peores, toda mujer de gusto debe prescindir de la cola. Algunas, aunque son las menos, prescinden ya.

En la noche a que nos referimos iba declamando contra las colas un caballerito, como de veintiocho años, recién llegado de Alemania y de Francia, y de lo más elegante, atrevido y alegre que puede imaginarse. Rodeábanle, e involuntariamente le admiraban y le reían las gracias, otros cinco jóvenes de lo más atildado y encopetado de Madrid.

Nuestro declamador había venido tan extemporáneamente para un negocio de su casa. Pensaba, pasar en Madrid tres o cuatro semanas a lo más e irse a Biarritz en septiembre.

Tenía fama de calavera, pero no de los calaveras víctimas y explotados, ni tampoco de los verdugos y explotadores. Aunque generoso, no solía prestar a los que se llaman amigos ni había tomado prestado de los usureros, y sabía contenerse cuando jugaba y perdía, y no se dejaba saquear de sus administradores, y llevaba en la memoria todas sus fincas, rentas y productos, y miraba por todo, y cuando daba era con su cuenta y razón, y sin cegarse nunca por vanidad o por afecto.

Este caballerito poseía más de 15.000 duros al año; era soltero, andaluz, no tenía una sola deuda, y llevaba el título de conde de Alhedín el Alto.

Jamás había querido estudiar ni seguir carrera ninguna. Era, sin embargo, curioso y despejado; había leído muchas novelas y libros populares y amenos de toda clase de ciencias; y con esto, y con el trato del mundo, y los viajes por lo mejor de Europa, había llegado a tener un espíritu bastante cultivado y que lo comprendía todo, si bien someramente.

Detestaba la política. Abominaba de los periódicos. Jamás tomaba uno en la mano sino para leer anuncios. Los acontecimientos públicos contemporáneos le fastidiaban, y no quería enterarse de ellos. Hallaba mil veces más poéticas las historias antiguas que las modernas, y le interesaba mucho más la caída de Sardanápalo que la de Napoleón III, y las fabulosas conquistas de Osiris que las del primer Napoleón.

No había querido decidir consigo mismo si era realista o republicano, liberal o no liberal, partidario de esta Constitución o de aquélla.

En religión y en filosofía era menos perezoso; pero, si en política era indiferente, en esto otro era vacilante. En aquello, poco le importaba no resolverse; en esto, a pesar suyo, no se resolvía.

Por lo demás, en cuanto tenía que hacer con lo práctico de su vida y de su conducta, el conde de Alhedín tenía una filosofía propia, una doctrina determinada, una colección de principios que le servían de pauta y de norma para su conducta.

Réstame decir que este héroe, que pongo en campaña, era de mediana estatura, airoso, fuerte y ágil. Tiraba al florete como pocos, y con una pistola en la mano casi nadie se le adelantaba. Gran jinete y buen cazador, jamás había presumido de torero. A lo que sí tuvo afición, durante dos o tres años de su juventud más temprana, fue a imitar a Leotard, y con tan buen éxito, que volaba por los aires, en los combinados trapecios, como si fuera brujo. No lo era, sin embargo, sino un lindo muchacho, moreno, con hermosos ojos, pelinegro y de retorcidos bigotes y bien peinada y reluciente barba.

Después de haber disertado contra las colas refirió una serie de anécdotas ocurridas a él o a algún conocido suyo, en las tierras extrañas de donde venía. Algunas de estas anécdotas eran de caza o de equitación; las más fueron de amores, hallando medio de divulgar sus triunfos y conquistas, que aparentaron creer o creyeron sus interlocutores, o mejor dicho, su auditorio, pues el conde era de aquellos que, si bien hablan primorosamente, fatigan y ofenden a los menos sufridos, monopolizando el uso de la palabra y no consintiendo, como vulgarmente se dice, que nadie meta baza o cucharada sino ellos.

A pesar de este monopolio no se ha de negar que el conde era divertido en su conversación. Hablando, encantaba o deslumbraba. Narraba como pocos, y con tal arte, que él mismo se creía la historia, aunque fuese mentira, y el auditorio solía creérsela también. Se diría que la imaginación y la memoria eran en el conde una sola y única facultad del alma.

Era petulante, pero con petulancia graciosa, jovial y dulce, que a nadie ofendía. Sus finos modales y su simpática figura contribuían mucho a producir tan buen efecto.

Aquella noche le había dado por denigrarlo todo. Recordando a las princesas rusas, a las ladies inglesas, a las condesas alemanas, a las francesas del Faubourg Saint-Germain, y hasta a las griegas fanariotas, que había tratado con la mayor intimidad, iba sosteniendo que no valían un bledo todas las mujeres que se paseaban en aquel momento en los jardines.

«Apenas —decía— si de toda esta desdichada muchedumbre se podrá entresacar media docena que merezca una declaración de amor.»

Los amigos impugnaban tan cruel censura, y el conde, para defenderse, sostenía su opinión con gracia y desenfado.

Conforme iba así disputando y paseando, advirtió de pronto que delante de él paseaban dos mujeres, pequeñitas ambas, esbeltas, jóvenes al parecer, aunque solo de espaldas las veía, y que algo habían oído y seguían oyendo de su diatriba y de la disputa, porque de vez en cuando cuchicheaban y se reían, como si hicieran comentarios a la conversación de los que venían detrás.

No había visto el conde la cara de ninguna de aquellas dos mujeres. El traje de ellas nada tenía de notable para ojos vulgares y profanos. La una vestía de ligera seda negra y la otra un traje oscuro de pobre percal; las dos iban de mantilla. Había, no obstante, tal pulcritud y aseo en todo el ser y hasta en el ambiente que circundaba y envolvía a aquellas mujeres, que, sin atinar con la explicación, el conde creyó sentir como una corriente magnética, y se dio a imaginar que aquellas dos mujeres iban impugnando su aserto, y que cualquiera de ellas se consideraba, con sobrada razón, un argumento vivo, fortísimo e irresistible, contra sus fatuas afirmaciones.

Advirtió el conde, además, que ambas tenían bonito cuerpo y movimientos airosos sin afectación, y que llevaban la falda bastante recogida para que no se manchase o empolvase torpemente en la arena y para que se pudiesen columbrar de vez en cuando sus pies menudos, afilados, altos de torso y calzados con esmero de graciosos botincillos.

El deseo de verles la cara se hizo sentir enseguida en el ánimo del conde; pero ellas, quizá sospechando aquel deseo, no volvían la cara, puede que a fin de contrariarle y de hacerle más vivo.

El conde tuvo que caminar más deprisa y pasar delante de ellas para mirarlas. Entonces vio con grato asombro que ambas eran lindísimas. En el rostro iban declarando que eran hermanas. Se parecían con ese parecido que llamamos a aire de familia, y eran, con todo, muy diferentes. La mayor de edad y menor de estatura, la del traje de seda, era trigueña, con ojos y pelo negros, labios colorados como una guinda y blanquísimos dientes, que mostraba riendo. La menor, la del vestido de percal, era más alta; parecía tener cuatro o cinco años menos que la otra, dieciocho a lo más; era blanca y rubia, y con ojos azules, y propiamente semejaba un ángel. No reía tanto como la mayor, y se mostraba más seria y menos desenvuelta. Tenía singular expresión de dulzura, serenidad y apacible contentamiento.

Bien conoció el conde que las para él desconocidas, ni eran de lo que llaman la sociedad, ni podían tampoco colocarse en ninguno de los grados de la jerarquía del heterismo.

Su mirada penetrante y experimentada conoció enseguida que eran ambas de la clase media, o pobres, o muy modestas; que la morena debía de estar casada y que era soltera la rubia. Vio que nadie las acompañaba, y creyó notar que estaban apuradas y como arrepentidas de haber venido solas y que, si por un lado les lisonjeaba el amor propio haber llamado la atención de tan desdeñoso galán, por otro andaban recelosas, casi consternadas de aquel pequeño triunfo.

Entre los amigos del conde los había que se jactaban de conocer a todo Madrid, alto, bajo y mediano, con tal que perteneciesen las personas al sexo femenino. El conde les preguntó quiénes eran aquellas muchachas. Todos las miraron, y todos dijeron que no las conocían.

—Serán forasteras —añadió uno.

—Serán recién llegadas a Madrid —dijo otro.

—Deben de ser o malagueñas o sevillanas —exclamó un tercero.

—Sevillanas son —repuso el conde—. No me cabe la menor duda.

Entonces hizo un pomposo elogio de las sevillanas en general con claras alusiones a las dos que iban delante y que por tales tenía, y habló en voz mucho más alta que la que había empleado en la diatriba, a fin de que le oyesen ellas y sirviese su discurso como función de desagravios.

Pero las damas parecían temer los encomios y no las sátiras. No bien se oyeron encomiar apretaron el paso, y aprovechando un momento de confusión y bullicio, trataron de escabullirse.

El conde tenía fija la vista en ellas. Siguió aquel movimiento; vio que se iban del jardín, y aprovechándose él también del bullicio, se separó de sus amigos, como si por acaso los perdiese, y tomó la misma calle de árboles por donde vio que las dos jóvenes se habían precipitado buscando la puerta del jardín.

Ridículo le parecía que hombre tan corrido como él corriese entonces desalado en pos de dos pobres chicas. No se juzgó conde aristocrático y soberbio, sino estudiantillo novato o alférez recién salido de la escuela. Mas, a pesar de sus juiciosas reflexiones, el conde fue en pos de aquellas mujeres, y hasta formó el propósito de hablarles en cuanto saliesen del jardín, a fin de que, en el caso de un sofión, que harto le merecía por su vulgar mala crianza, no le viesen sujetos que lo pudieran contar.

Al salir del jardín vio el conde a su lacayo, que iba a llamar al cochero para que se acercase con la victoria.

—¡Ramón! —dijo el conde—. Id a aguardarme a la puerta del Veloz-Club.

A poco la victoria partió.

El conde siguió a pie a las dos mujeres.

Dos o tres veces se acercó a ellas y quiso hablarlas. Las miró, se encaró con ellas, casi las detuvo; pero hallaba tan feo, tan plebeyo, tan de mala educación, abusar así de que iban solas dos mujeres, y perseguirlas y querer hablar con ellas, que se contuvo y no les habló.

En medio de estas vacilaciones, las dos mujeres vieron pasar un coche vacío. Se apoderaron de él rápidamente, dieron la dirección al cochero, le pagaron adelantado y doble para que picase, y salieron como escapadas, subiendo por la calle de Alcalá y entrando luego por la del Turco.

El conde quiso seguirlas, pero su coche había ido a parar al Veloz, y coches de alquiler no parecían.

Quedose, pues, nuestro héroe parado como un bobo a la altura de la fuente de la Cibeles y burlándose de sí propio por la serie de tonterías y chiquilladas que acababa de hacer.

¿Quién sabe si serían algunas costurerillas, algunas profesoras de primera enseñanza que habían venido a oposiciones, o algo no menos cursi, aquellas dos que le habían hecho hacer lo que no hizo jamás ni por reinas y emperatrices?

III

El conde de Alhedín se guardó muy bien de contar en el Veloz-Club su conato frustrado de persecución y el desdén con que le habían tratado las dos desconocidas.

«Ya volverán a los Jardines del Buen Retiro —decía para sí—; ya las encontraré por ahí mañana o pasado. Ellas volverán. No despertemos la codicia de los amigos con desmedidas alabanzas. Dios sabe cuántos se empeñarían en la conquista, y me serían estorbo, aunque no me vencieran. Yo no estoy enamorado de ninguna de las dos. Jamás he creído en pasiones repentinas. Pero mi curiosidad es extraordinaria. Cada una por su estilo es hermosa y está llena de no aprendida elegancia. No sé por cuál decidirme, si por la rubia o por la morena. Esta misma indecisión aumenta mi deseo de volver a verlas. Lo que observe en la nueva vista me decidirá o por la una o por la otra. Verdad es que en esta predilección solo entra por algo el tiempo. Quiero pasar mi tiempo con ambas; pero es menester empezar por hacerme querer de una. Si no fuesen hermanas, si no anduviesen juntas, bien podría yo acometer a la vez las dos conquistas; pero estando como están, conviene ir por su orden.»

Este soliloquio, hecho y repetido de mil formas, aunque en sustancia el mismo siempre, ocupó el pensamiento del conde por espacio de dos días y dos noches.

Hallábanle distraído sus compañeros. Él se disculpaba, sin declarar el verdadero motivo de su distracción.

Entre tanto, ni en las calles, ni en los Jardines de noche, ni en parte alguna, volvió el conde a ver a las dos beldades, por más que las buscaba. Y eso que tenía vista de lince y siempre iba con cuidado para que si pasaban cerca de él no se le escapasen.

El conde se creía dotado de prodigiosa sagacidad para averiguar misterios; para conocer las calidades de las personas solo por la pista o el rastro. Se juzgaba tan curtido y experto en lo que atañe a la sociedad humana, como los antiguos sabios solitarios del Oriente se dice que lo eran en lo que depende de la madre naturaleza. Zadig había comprendido y descrito todas las condiciones y circunstancias del caballo del Rey y de la perrita de la Reina con solo ver sus huellas estampadas en el suelo. El conde, en su arte, no era menos que Zadig, y daba por seguro que él sabría decir quiénes eran las dos desconocidas por el mero hecho de haberlas visto un instante; pero no quería, reflexionar, no quería interrogarse sobre este punto. Otra vanidad mayor que la vanidad de ser tan experto se lo impedía. La vanidad de creerse sobrado interesante para que aquellas mujeres, que le habían visto y que habían notado su persecución, volviesen al cabo a buscarle, o arrepentidas del desvío primero, o no arrepentidas, sino siguiendo en los mismos propósitos, ya que la fuga, según el conde, había estado muy en su lugar, so pena de haberse humillado ellas a pasar por harto fáciles y livianas, prestándose desde el primer momento a dejarse acompañar por quien no conocían ni de nombre, solo porque habían reparado, sin duda, que era rico, titulado y tenía coche.

El condesito no quiso, pues, molestarse ni con el pensamiento en buscar a sus dos beldades, porque estaba casi seguro de que ellas volverían a buscarle.

Como no volvieron ni la siguiente noche ni la noche después, el condesito se sintió picado y hasta ofendido.

En su fatuidad forjó aún varias hipótesis para explicarse, como involuntaria y muy a pesar de las desconocidas, su ausencia de los Jardines.

«¿Quién sabe? —pensaba el conde—. Quizá el marido no las deje salir. Quizá tenga la casada algún chiquillo con sarampión.»

En fin, todo lo suponía por no suponer que por su libérrima voluntad dejaban de acudir las muchachas a una cita que, implícita, pero claramente, él, tan guapo, tan distinguido, tan ilustre, tan rico y tan seductor, les había dado para los Jardines, no pudiendo entenderse ni ponerse desde luego en relaciones con ellas por no faltar a los respetos y consideraciones sociales.

Con tan consoladores discursos el conde dominó a duras penas su impaciencia; acudió otras dos noches más a los Jardines, y tampoco vio a las damas.

Ya entonces resolvió emplear su sagacidad y su actividad para buscarlas.

«Si huyen, si se ocultan —dijo—, es porque me temen. Yo las buscaré. Yo las encontraré.»

Justificado así el trabajo que en discurrir iba a tomarse, el condesito discurrió lo que en resumen vamos a exponer.

Las desconocidas eran sevillanas. No podían ser malagueñas, como presumió aquel ignorante. Confundir a una sevillana con una malagueña es un error tan craso en un galanteador andaluz, que debe saber de mujeres, como en un cazador confundir una codorniz con una tórtola. Era también evidente que una era casada; entre otras razones, porque, de ser solteras ambas, no irían solas. La casada era la morena. En esto tampoco cabía duda. Se conocía en tener más edad y en otros indicios que, juntos todos, llegaban a la más completa certidumbre. ¿Con quién estaba casada la morena? Ambas eran forasteras: recién llegadas a Madrid, ya que nadie las conocía. No era probable que hubiesen venido a Madrid a divertirse, porque entonces el marido, labrador, hacendado, mercader o algo así, de alguna población de Andalucía o de Sevilla misma, las hubiera acompañado, y él también se divertiría y curiosearía. El marido debía ser un hombre ocupado. ¿Y qué ocupación podía tener el marido en Madrid, sino la de un empleo del Gobierno? El conde decidió, pues, que el marido era un empleado. Calculó, por último, por el aire algo misterioso que tenían las desconocidas, por cierta inquietud que había creído notar en ellas, que la noche que estuvieron en los Jardines habían venido sin previa licencia del marido, improvisando aquella excursión en un momento en que él faltaba de casa, salva la prudente lealtad de decírselo luego para que aprobase y legitimase el hecho consumado. Si toda esta suposición era exacta, el marido trabajaba a veces de noche, lejos del hogar doméstico. De noche se trabaja en muchas oficinas; pero en ninguna son tan frecuentes las largas veladas como en Gobernación o en Hacienda. El marido estaba, por lo tanto, empleado en uno de estos dos Ministerios.

Descubierto ya el enigma hasta dicho punto, faltaba saber el nombre del marido y dónde vivía; pero esto era muy fácil.

Antes de proceder a las convenientes investigaciones, ya que el nombre de una persona y el número y calle de una casa no pueden adivinarse por mero discurso, aunque se tenga un entendimiento agudísimo, el conde, aficionado a ejercitar el suyo, pensó también lo que sigue.

La sociedad elegante es más fácil, más abierta en Madrid que en ninguna otra capital de Europa, hasta para las mujeres. Aquí no se le pregunta a nadie, antes de dejarle entrar, si es más o menos noble de nacimiento, más o menos rico. La dama más encopetada no desdeña por amiga, ni se avergüenza de ir acompañada de las hijas o de la mujer de un empleadillo cualquiera, con tal de que por sus modales y facha no sean impresentables. La pobreza del vestido se perdona también, como no se haga notar por presumida extravagancia o por abominable mal gusto. No hay señora principal ni semiprincipal que no acoja bien a la más modesta provinciana, que conoció en el campo o en algunos baños o en alguna ciudad de provincia, y que no la llame prima y la trate como a pariente, si por acaso lo es.

«En Madrid —pensaba el conde— falta ahora mucha gente por el verano, pero Madrid no se ha quedado desierto. Mis niñas —que así las llamaba ya— son un primor de bonitas: son natural e ingénitamente distinguidas. ¿Cómo es que no tienen amigas o parientes entre las personas que yo trato? ¿Cómo es que, habiendo en Madrid tanta gente de Sevilla, o que ha estado en Sevilla, mis niñas no conocen a nadie? En ninguna casa las he visto. ¿Por qué viven tan aisladas? En la misma Sevilla han de haber vivido en el mayor aislamiento.»

De aquí infería el conde que sus desconocidas, aunque sevillanas, habían vivido lejos del mundo, o por carácter tímido, o por excesiva pobreza, o por extravagancia del marido.

Pasando luego del pensamiento a la acción, abandonando el método especulativo y apelando al estudio y averiguación de los hechos, el conde, que tenía en todas partes buenas relaciones, fue al jefe del personal del Ministerio de Hacienda y le preguntó por los nombres de los más recientes empleados que en todas aquellas dependencias había. La lista era larga, porque no hacía mucho tiempo que había habido cambios, renovación y trasiego de empleados; pero no faltaba un oficial en el personal que tuviese algunas noticias biográficas de todos los nuevos.

«Don Anacleto Pérez», decía, por ejemplo, la lista.

—¿De dónde ha venido éste? —preguntaba el conde.

—De la Coruña —contestaba el oficial.

—¿Es casado?

—Es soltero.

—Pues adelante —replicaba el conde.

Así fue el oficial indicando varios nombres, hasta que dijo:

—Don Braulio González.

—¿De dónde ha venido? —preguntó el conde.

—De Sevilla —contestó el oficial.

—¿Es casado? —volvió a preguntar el conde.

—Es más que casado —dijo el oficial—: podemos calificarle de bígamo, porque, a más de su mujer, que es muy guapa, tiene consigo a su cuñada, más guapa aún, si cabe, y rubia como unas candelas.

—Ése es el que yo busco —dijo el conde. Luego recomendó de nuevo, pues ya antes lo había hecho al jefe del personal, el sigilo respecto a su investigación.

Por el oficial supo el conde asimismo que don Braulio no hacía más que un mes que estaba en Madrid; que disfrutaba un sueldo de 3.000 pesetas, menos el descuento; que tenía fama de excelente empleado; que la iba justificando con trabajos que el mismo Ministro le encomendaba; que era un hombre de cuarenta y cinco a cincuenta años de edad, aunque parecía más viejo, porque estaba bastante calvo y muy achacoso; que solo llevaba tres años de matrimonio; que no tenía hijos; que su mujer, doña Beatriz, y la hermana de su mujer, llamada Inesita, eran de un lugar de la provincia de Córdoba, donde él había estado de Administrador de Rentas; que poco después de la boda le habían trasladado a Sevilla con ascenso; que en Sevilla él y su familia habían vivido muy apartados del trato de las gentes; que ahora vivían en la calle del Olivo, en el piso tercero de una casa cuyo número también le dio, y que eran todos tan hurones, que apenas se trataban en Madrid con alma viviente.

Enterado el conde de todo, volvió a sus meditaciones y cálculos. Había dado el primer paso; pero era menester dar el segundo. Sabía ya con quién tenía que habérselas; pero esto de nada servía si no lograba con tino ponerse en comunicación con don Braulio y su familia.

El conde distaba infinito de ser un atolondrado. Si bien no le arredraba ningún peligro; si bien no le dolía tener que aventurar la piel, temía siempre dar un golpe en vago, hacer alguna cosa que pudiera ponerle en situación desairada y ridícula. De esto tenía más miedo, no ya que de una espada desnuda, sino que de quince ametralladoras que fuesen a dispararse contra él.

Dada esta su natural condición, las dificultades no eran pequeñas.

¿Cómo hacerse presentar en una casa donde nadie de su clase, y quizá nadie tampoco de otra clase cualquiera, entraba de visita? ¿Qué pretexto alegar para encajarse de patitas en la morada de aquella pobre gente?

La presentación es el medio más correcto de conocer y tratar a las personas; pero el conde no se sentía con la desvergüenza suficiente para ser allí presentado.

¿Escribiría un billete amoroso a fin de entrar en relaciones?

Sobre cartas de este género, su uso, utilidad, inconvenientes y ventajas, el conde, que, según hemos dicho ya, era muy circunspecto y arreglado, tenía formuladas sus leyes y hechas sus consideraciones, a las que procuraba ajustar siempre su conducta.

Escribir de amor a las mujeres le parecía un excelente recurso. Casi todas dan más solemnidad e importancia a lo que se les escribe que a lo que se les habla. Muchas cosas, de que se ofenden o sonrojan si las oyen, las pesan y las meditan, y se deleitan en ellas con amorosa delectación cuando las leen. Si contestan de palabra a un galán que de palabra las pretende, les es fácil esquivar las cuestiones graves, tomándolo todo a risa. Lo escrito infunde o impone, por el contrario, casi inevitable seriedad. Contestar de palabra, dejar entrever de palabra algún átomo, rayo o vislumbre de esperanza, apenas compromete. La palabra es vaga, punto menos que espiritual; pasa por el aire y penetra en el oído sin dejar el menor rastro. Hasta en la memoria se borra y queda confusa. Tal vez su mayor valer, su más substancial significado no está en ella misma, sino en el acento con que se pronunció, en el gesto fugitivo de que fue acompañada, en el mirar suave y rápido, en un relámpago instantáneo de los ojos, cuando la palabra brotó de los labios.

En lo escrito no hay nada de esto. En lo escrito, ni el gesto, ni la mirada, ni la voz pueden modificar palabra alguna y darle un valor momentáneo que en sí no tenga. Aunque no sea mas que por esto, escribir es comprometidísimo para las mujeres. La manía de escribir es, con todo, epidémica en el día, y, como son raras las mujeres que escriben para el público, cuando presumen de discretas o lo son y alguien les escribe, sienten las más un invencible prurito de contestar, aunque solo sea para lucirse. Una vez puestas en este resbaladero es muy factible que se deslicen. El mismo sujeto a quien contestan se magnifica y hermosea en la imaginación, por poco que en realidad se le estime, gracias a que no se halla presente. El temor del peligro es mayor escribiendo que hablando; pero también el rubor, la timidez, el recato ceden a veces con más facilidad estando a solas y cara a cara con el papel que cara a cara con un hombre, y quizá rodeada la mujer de personas curiosas y que se supone que serán maldicientes. Así escriben muchas; sueltan prendas que permanecen, y se ven al cabo comprometidas. Si hubiera estadística de los enredos amorosos, tal vez más de la mitad de ellos se vería que habían nacido del prurito de escribir que tienen las mujeres.

Todo esto lo sabía y pensaba el conde; pero pensaba asimismo que un hombre prudente y discreto, que no quiere hacer una cadetada, se compromete en cierto modo y se expone a burlas, risas y desaires si se adelanta a escribir antes de que llegue cierto período; antes de que se presente la ocasión oportuna; antes de haber pasado por ciertos trámites; antes de tener, por lo menos, ciertos indicios racionales de que será bien recibida la primera carta. Y como ni la casada ni la soltera, ni con sonrisas, ni con miradas, ni recibiendo de dulce modo indescriptible, aunque inequívoco, las miradas y las sonrisas de él, habían dado motivo a que él considerase que la una o la otra, o ambas, estaban ya predispuestas a recibir la carta, creía una absurda temeridad escribirles: lo miraba como un acto de delirio estudiantil, como un arrebato de hortera o de mozo de café, que en un conde tan discreto, atildado y hábil como él; que en un hombre de mundo, conocido en todos los salones de Europa, casi no tenía perdón ni disculpa.

Por lo pronto, sin embargo, no se le ocurría otra más ingeniosa manera de entrar en comunicación con las de don Braulio González.

Pero ¿a cuál de ellas escribiría? ¿A la señora o a la señorita?

Una y otra resolución estaban erizadas de gravísimos inconvenientes.

Ninguna de las dos mujeres, valiéndonos de una expresión vulgar, le había dado pie para nada. Ni le habían excitado, ni le habían animado mirándole, ni le habían sonreído, ni se habían mostrado enojadas cuando las siguió, cuando casi las detuvo, cuando descaradamente se quedó mirándolas. La más glacial indiferencia había aparecido en ambas mujeres. Habían estado tan dignas, tan severas, tan naturales, tan sin espantos o alharacas de hembra vulgar que es honrada o presume de serlo, como si hubieran sido dos duquesas o princesas que hubieran tenido el capricho de salir de noche a recorrer las calles y se hubiesen visto perseguidas, durante algunos minutos, por un lacayo mal criado y bastante vano para creerse seductor.

El conde, a pesar de todo, quizá porque así fuese, quizá porque el amor propio le engañaba, había creído notar, en gestos imperceptibles, en el ademán, en algo que apenas se había podido ver y que apenas se podía apreciar ni evaluar sino por un entendimiento tan sutil como el suyo y tan perito en las aventuras amorosas, que la casada se le había mostrado menos indiferente y más propicia; que se adivinaba en su cara el contentamiento, la vanidad satisfecha de verse seguida por un joven tan principal y tan gallardo, y hasta que le miró una o dos veces de soslayo y con disimulo, con curiosa simpatía.

¿Escribiría, pues, a la casada? Pero ¿qué derecho tenía para ello? ¿Qué le iba a decir? ¿Y si el marido era celoso y cogía la carta? ¿No se exponía desde el principio a imposibilitar o dificultar así grandemente para lo futuro el buen éxito de su aventura?

El conde desistió, por consiguiente, de escribir a la casada.

La soltera le parecía más bonita y más distinguida; pero estaba enojadísimo contra ella. Allí sí que no se forjaba ilusiones: allí sí que no le cabía la menor duda. Inesita no había hecho más caso de él que de un perro callejero. No acertando a explicarse aquella serenidad olímpica, aquel suave endiosamiento, que por extraña contraposición se conciliaba con la humildad y la modestia, el conde se daba a sospechar si Inesita sería idiota; pero recordaba sus ojos, su airoso modo de andar y la expresión inteligente de su hermosa cara, y tenía que confesarse que, o él no sabía lo que eran mujeres, o Inesita era de lo más discreto que había nacido de madre.

¿Cómo, pues, escribir a Inesita? Esto era más difícil que escribir a doña Beatriz.

No incurramos aquí en la necia hipocresía de suponer, cuando se escribe una historia, que la sociedad tiene una moral muy superior a la que realmente tiene. Digamos las cosas como son.

Es singular, es poco lógico, es absurdo, pero ocurre lo siguiente. Está tan en los usos y costumbres que cualquier caballero diga su atrevido pensamiento a una mujer casada, que ésta se ofenderá rara vez. Por virtuosa que sea, se limitará a rechazar o a desengañar con dulzura al pretendiente. No se dará por ofendida, cuando en realidad le han propuesto la infracción de una ley moral, civil y religiosa, su deshonra y la de su casa, y tal vez la vileza de un hurto de bienes materiales, si llega a tener un hijo. En cambio, apenas habrá soltera, como no esté completamente perdida, que no se considere injuriada si le piden amor sin presuponer matrimonio de un modo explícito o implícito; y, en realidad, la falta a que entonces se induciría a la soltera sería mucho menor que la que se pretendía de la casada. La soltera, libre, no engañaría a su marido, no faltaría a ninguna promesa, no se expondría a dar a nadie por heredero legítimo a aquel que no debiese serlo.

Esto es exacto. No hay argumento que pueda valer en contra. Y con todo, apenas habrá seductor, por brutal, irreverente y desaforado que sea, que ose pretender a una soltera, sin proponer la buena fin: y apenas hay Tenorio, por enclenque, canijo y fehuelo que Dios o el diablo le hayan hecho, que no tiente el vado, se declare con desenfadada audacia y se atreva a pretenderlo todo de una mujer casada.

Nuestro héroe, sin meterse en filosofar sobre lo dicho, lo tenía más que sabido. Así es que, por esta consideración, aunque no atendiese a otras, hallaba más difícil escribir a Inesita que a doña Beatriz. Escribir a doña Beatriz, como casada, el uso, la práctica, la jurisprudencia establecida, lo consentía sin que pasase por injuria. Escribir a Inesita, en cambio, no podía ser sin menospreciarla y vejarla cruelmente, como el conde no dijera o diese lugar a que se sobreentendiera que aspiraba a casarse con ella.

Ahora bien; el conde ni estaba enamorado, ni pensaba en casarse con nadie, ni mucho menos con Inesita: solo aspiraba a pasar el rato; pero el conde tenía también su moral, y no había rato, por bueno que fuese, que mereciera que él se rebajase hasta mentir y engañar a una pobre chica, haciéndola creer que podría casarse con ella.

Así, pues, el conde desistió de escribir a doña Beatriz por razones de prudencia y estrategia amatoria, y desistió de escribir a Inesita por más delicadas consideraciones. Mas no por eso desistió de conocerlas y tratarlas a las dos. Dejémosle cavilando y discurriendo el medio más atinado de lograrlo, y adelantémonos nosotros, penetrando invisibles en casa de nuestras heroínas y conociéndolas antes que el conde.

IV

El crítico más hábil y atinado, quizá, entre cuantos hay en España me ha hecho ya dos o tres veces, al juzgar otras novelas mías, un favor y un disfavor que no creo merecer; pero si los merezco, esta vez, lejos de enmendarme, incurro más de lleno que nunca en su censura, que por otra parte me lisonjea. Supone el crítico que mis personajes todos son yo, con lo cual hace de mí un Proteo, pues harto diversos caracteres he retratado; y supone, además, que todos hablan, como yo en igual situación hablaría, con erudición, discretas sutilezas y espíritu filosófico impropios de su condición humilde y hasta de su sexo, ya que a menudo mis mujeres se pasan de listas.

En la presente historia, donde, según el título lo indica, los más importantes personajes, cada uno por su estilo, van a pasarse de listos, pecaré, sin poderlo remediar, contra lo que el crítico quiere. La culpa, si la hay, porque me resisto a declararme culpado, está en la elección del asunto. Ya elegido, no tengo más recurso que hacer a mis héroes, conservando a cada uno su índole, sus pasiones y su singular fisonomía, todo lo más discretos, sutiles y listos que yo sepa y pueda, porque tal ha de ser el defecto mayor de todos ellos, y sobre todos ellos, del protagonista de la historia.

Hago aquí esta declaración para que doña Beatriz, a quien pronto oirán hablar mis lectores, no los coja desprevenidos. Doña Beatriz era listísima.

No recuerdo en qué libro, tratado o epístola del Antiguo o del Nuevo Testamento, se dice que el espíritu sopla donde quiere: sentencia con la cual basta y sobra para justificar la verosimilitud de que el espíritu, ora sea divino, ora sea diabólico, hubiese soplado y penetrado en el ser de una muchacha de veintidós años, que no tenía más doña Beatriz, nacida y criada en un lugar de la provincia de Córdoba. Hay también otra sentencia macarrónica, llena de verdad, que reza de este modo: Quod natura non dat, Salamanca non proestad, de la cual puede inferirse, según buena lógica, que la madre naturaleza no ha menester de Salamanca, o dígase de hondos estudios y largo trato de mundo, para hacer muy sutiles y entendidos a aquellos a quienes gusta de favorecer, aun cuando sean mujeres, y mujeres de lugar.

En este número se contaba doña Beatriz, la cual, sobre su innato despejo, si bien no había cursado en ninguna universidad, tenía cierto saber adquirido en la conversación frecuente de su marido don Braulio, quien gozaba fama de sujeto muy ilustrado, aunque solo tuviese 3.000 pesetas anuales de sueldo.

Doña Beatriz e Inesita, huérfanas de padre y madre desde la niñez, habían estado bajo la tutela y criadas en casa del cura del pueblo. No eran enteramente pobres. Tenían algunas finquillas, que venían a producir, bien administradas, unos 4.000 reales de renta para cada una. Con esto era difícil que en el pueblo, a no infundir una violenta pasión, se casase ninguna de ellas con los hidalgos o señores ricos; y como arabas eran muchachas finas, señoritas verdaderas, no era probable que se hubieran querido casar con ningún arriero palurdo o con ningún labrador rústico e ignorante.

El padre cura receló, aunque tarde, que había educado a sus pupilas mal de puro bien, y que, de resultas de su esmerada educación, iban a quedarse para vestir imágenes. Por fortuna no sucedió así. El Administrador de Rentas, don Braulio, trató a doña Beatriz, y la halló tan bonita y discreta que se enamoró de ella. Ella pensó haber hallado en don Braulio un hombre que, aunque viejo, podía enamorar por su talento y por otras nobles prendas del alma, y enamorados, o persuadidos de que lo estaban, se casaron, después de un noviazgo corto.

El cura tutor, que era muy anciano, murió pocos meses después de este casamiento.

Nada absolutamente dejó a sus pupilas.

De una hermana suya, viuda, tenía el cura un sobrino, de edad de veintiocho años, llamado Paco Ramírez. Éste fue el universal heredero de su tío, consistiendo el activo de la herencia en la casa con los muebles y libros, que valdría todo 40.000 reales, y el pasivo en varias deudas, que pasaban, también en reales, de 30.000.

Paco Ramírez era un mozo muy guapo, y tan morigerado, económico, activo y fecundo en recursos, que con 50.000 reales que su padre le había dejado en dinero, empleando en cebada y en trigo, comprando mosto barato en tiempo de vendimia, haciéndole vino potable en unas cuantas pipas que tenía, vendiéndole luego por cargas a los arrieros, y, en suma, trapicheando de otras mil maneras, si bien todas lícitas, no solo mantenía con holgura a su madre, sino que se vestía él hasta con majeza y elegancia, al uso del pueblo, e iba, poco a poco, aumentando el capital.

Muchas veces había pensado el cura en que su sobrino podría ser un buen marido para cualquiera de sus dos pupilas; pero, como no era un buen partido, calló el cura su pensamiento y propósito, y jamás hizo nada por realizarle.

Paco, Beatriz e Inesita se querían como hermanos. Paco, que tenía seis años más que la mayor de ellas, y diez más que la segunda, lo cual en la primera edad parece enorme diferencia, les tenía un cariño que él calificaba de paternal. Ellas eran hijas del caballero más ilustre del pueblo, por más que hubiesen venido a tanta pobreza, y él, plebeyo, y archiplebeyo por todos cuatro costados, y con menos bienes de fortuna que las pupilas de su tío, ¿cómo había de atreverse ni siquiera a imaginar que podría casarse con ninguna de las dos?

Así las cosas, se casó don Braulio con doña Beatriz, y a poco, como ya hemos dicha, murió el cura, que era excelente sujeto.

Inesita, según era natural, se fue a vivir con su hermana y cuñado; los siguió a Sevilla, y después los siguió a esta alegre capital de las Españas.

Desde que salieron del lugar dejaron encomendada a Paco la administración de los bienes que en él tenían, con la seguridad de que nadie había de administrarlos mejor. Paco, en efecto, respondió a aquella confianza. Así es que en la época en que comienza nuestra historia, cuando aparecen en el Buen Retiro nuestras dos heroínas, tenían entre ambas algo más de 8.000 reales al año, que juntos a los 12.000 mal contados de don Braulio, sumaban una taleguita anual muy corrida y larga de talle.

Aunque hacían vida retirada, como todo está caro, y se trataban bien, y se vestían con cierto lujo para su clase, renta y sueldo se consumían completamente, y gracias si no se hallaban a veces en apuros.

Para salir de ellos, vivir con esplendidez y elevarse a mayor posición en la jerarquía social, se presentaban dos caminos, iluminados por la esperanza, a la aguda consideración de doña Beatriz, la cual cavilaba mucho sobre estas cosas desde que había salido del lugar, ya casada.

Doña Beatriz tenía el concepto más elevado de la inteligencia y del saber de su marido. Atribuía su poco éxito en el mundo a descuido, desprecio o desdén que don Braulio tenía de todo lo práctico, a cierta falta de estímulo que notaba en su alma, y se inclinaba a creer que si ella estimulaba y aguijoneaba el alma de su marido, apartándola de vagos ensueños y de teóricas distracciones, que a nada conducían, aun era posible que le viese de Ministro de Hacienda, o por lo menos de Director de Rentas Estancadas.

El otro punto, que era como cimiento o piedra angular sobre la cual levantaba doña Beatriz el alcázar de sus esperanzas ambiciosas, era la hermosura, el garbo y la distinción de su hermana Inesita.

Doña Beatriz, casada ya con un hombre a quien veneraba y quería, y a quien era deudora de haber salido del lugar, donde se ahogaba, y de espaciarse por grandes ciudades, limitaba su misión para lograr el engrandecimiento a servir como de espuela a la reacia voluntad de su marido; pero en Inesita, soltera y libre y llena de atractivos, que ella sabría completar y hacer valer con su prudencia, veía doña Beatriz un filón intacto aún, un minero riquísimo de todos los bienes, encumbramientos y prosperidades.

Importa declarar, en honor de doña Beatriz, que al trazar en su imaginación el proceso ascendente de uno y otro plan de ventura, ora valiéndose de don Braulio, ora de Inesita, jamás se le ocurría poner en la composición de su cuadro el menor toque pecaminoso. Nada de fullerías. Doña Beatriz quería jugar limpio. Don Braulio había de ser personaje de primera magnitud sin mancharse las uñas, e Inesita había de ser condesa, marquesa, y quién sabe si duquesa, sin la menor liviandad y con todos los requisitos eclesiásticos y civiles.

El orgullo de doña Beatriz, su decoro aristocrático, que le tenía, aunque nacida en pobres pañales, y sus creencias cristianas, vivas y fervorosas como de persona educada por un sacerdote de ejemplarísima virtud, repugnaban todo recurso que pudiera mancillar; pero su afán de elevarse y de elevar a su familia lo sugería, a su ver, medios decentes y honrados por donde lograr riqueza, dignidades y distinciones, con facilidad y sin desdoro ni culpa.

Doña Beatriz no descubría por completo sus planes y sus esperanzas a don Braulio y a Inesita. Temía asustarlos y que del susto saliesen la contradicción y la oposición. Cauta y astuta, soñaba con atraer diestramente al uno y a la otra por los caminos que ella juzgaba conducentes al término a que aspiraba, y ya comprometidos y metidos en él, y cuando fuese muy difícil volver atrás, declarar ella su propósito y mostrarles el término, si no le veían.

Con Inesita, sobre todo, que era sobrado poética e inexperta, procedía doña Beatriz con superior cautela y disimulo.

Desde la noche que habían ido al Buen Retiro le había hablado varias veces del gentil caballero que las había seguido, pero sin descubrir jamás todo su pensamiento.

Doña Beatriz, por las frases que había oído al conde de Alhedín y a sus compañeros, por el coche que había visto y por algunas noticias que después había recogido con habilidad, sabía que el conde era soltero, muy rico, muy noble, huérfano de padre, y con una madre que no tenía más voluntad que la suya. Ahora bien; ¿qué imposibilidad habría en que el conde se enamorase resueltamente de Inesita y se casase con ella? Más desiguales casamientos se han visto y se ven todos los días.

Con un poco de fortuna y con la rara discreción de que doña Beatriz se juzgaba dotada, bien podría casar a Inesita con el conde. Inesita era, como ya se ha dicho, una criatura adorable. Hasta su indiferencia, hasta su espíritu, dormido a toda ambición, podría contribuir al triunfo. Nada suele perjudicar tanto a otras muchachas, en esto de atrapar un buen casamiento, como el afán cándido y mal encubierto de atraparle.

Así, pues, doña Beatriz dejaba dormir a su hermana y no procuraba despertar su ambición. Aquel sueño indiferente y sublime era un arma poderosa de que no convenía desprenderse. Ella, sin decírselo hasta que llegase la ocasión oportuna, guiaría a su hermana sin sacarla del poético sonambulismo.

Sonámbula y todo, importaba, no obstante, que Inesita por sí misma se moviese; y para ello doña Beatriz había ya tocado, y aun pensaba tocar, cualquiera otro resorte de su alma menos el de la ambición y la codicia.

Con estos planes e intenciones, la noche del día en que el conde supo en el Ministerio de Hacienda quiénes eran sus desconocidas, hablaban éstas a solas en su pobre casa, mientras aguardaban a don Braulio, que estaba trabajando en la Secretaría.

—No te entiendo, Inesita —decía doña Beatriz, sentada en una butaca enfrente de su hermana—. Que yo no rabie, nada tiene de particular. Quiero bien a mi marido; mi deber y el fin de mi vida estriban en hacerle dichoso, y así nada tengo que buscar fuera de casa. Puedo vivir encerrada entre cuatro paredes sin desesperarme. ¿Qué voy a hacer yo, a qué puedo aspirar yo fuera de aquí? Pero tú, soltera, joven y tan bonita, es un prodigio que te resignes a este retiro y aislamiento en que vivimos. Braulio es muy bueno; sería un santo si fuera mejor cristiano; pero es un hurón y tiene sus caprichos. No quiere que volvamos solas a los Jardines. Y eso que ignora la persecución de aquel condesito. Yo deseo llevarte a los Jardines a ver si te distraes, porque me pareces melancólica; pero, ¿qué le hemos de hacer? Solas no podemos ir con licencia de Braulio, ni menos aún a escondidas. Dios me libre de oponerme a lo que él ordena. Además, sería fácil que lo supiese todo. No hay, pues, más recurso que aguardar a que Braulio quiera y pueda acompañarnos. Pronto acabará su tarea extraordinaria y no tendrá que ir de noche al Ministerio. Entre tanto no irá mañana, que es domingo. Mañana nos llevará. Yo lo conseguiré. ¿Te acomoda?

—Yo no tengo impaciencia ninguna ni afán de divertirme —respondió Inesita—. Comprendo bien que Braulio no quiera que vayamos solas. ¡Somos tan muchachas ambas!... Casi pareces tú más joven que yo. Nos exponemos a mil sustos... a que nos persigan... a que nos falten al respeto... como el libertino de la otra noche.

—Tú exageras... el conde de Alhedín no nos faltó al respeto. El pobre nos siguió como un tonto... tuvo sus tentaciones de hablarnos, pero al cabo no se atrevió, e hizo bien. Hubiera sido una botaratada imperdonable en persona de tantas campanillas y tan corrido. La verdad es que se entusiasmó demasiado para jactarse de tan hastiado, desdeñoso e invulnerable. Hija mía, le diste flechazo.

—Hermana —replicó Inesita con la mayor sencillez y naturalidad—, no trates de lisonjear mi amor propio. No te creo. En todo caso fuiste tú, y no yo, quien flechó al condesito: aunque, dejándonos de bromas, lo que debemos creer es que ni tú ni yo le flechamos. Excitamos su curiosidad por lo mismo que nadie nos conoce. Como es un vago, quiso seguirnos para pasar el tiempo. Tal vez la causa de que nos siguiese no fue para nosotras lisonjera, sino ofensiva; tal vez, al vernos solas y tan jóvenes, formó de nosotras una idea...

—Es posible... quizá al principio nos juzgó mal; pero, no lo dudes, juicio tan aventurado y poco favorable fue pasajero. No se sigue a quien no se estima, como nos siguió el conde. Aquellas vacilaciones, aquellos miramientos, aquella timidez en persona tan desenfadada y atrevida, nacen de respeto, y no de menosprecio. Además, un hombre de mundo, entendido como es él, no podía caer sino por un breve instante en tan absurda alucinación. Mírate en aquel espejo —y doña Beatriz señalaba uno que estaba colgado enfrente, adornando la sala—; sería menester ser un estúpido para no comprender quién eres tú; para pensar mal de ti al ver esa cara.

Doña Beatriz dio en ella a su hermana una docena de sonoros besos, alzándose de su asiento y abrazándola.

—¡Qué buena y qué loca eres! —dijo Inesita.

Enseguida añadió:

—Vamos, quiero dar por cierto que el conde nos siguió con entusiasmo; pero el entusiasmo ¿por qué había de ser yo, y no tú, quien le inspirase? ¿Crees tú que el conde adivinó que estás casada?

—Indudable. No pudo creer de mí otra cosa, al verme sola contigo y al tenernos por mujeres honradas.

—Pero yo he oído decir que los libertinos persiguen más a las casadas que a las solteras —prosiguió Inesita con la terrible franqueza de su inocencia casi infantil.

—No es regla general. Voy, sin embargo, a conceder que lo es. Todavía afirmo que no hay regla, sin excepción, y que en este caso el conde ha perseguido a la soltera.

—¿Y por qué lo afirmas?

—Porque lo he visto.

—Yo no vi nada, porque no miraba.

—Apruebo que no mirases. Ese recato, esa indiferencia tuya, picaron al conde. Si llegas a mirarle te hubiera seguido, aunque más audaz, con menos empeño.

—Entonces tú, que le miraste, ya que observaste tantas cosas, ¿cómo no le hiciste formar ruin concepto de ti?

—Porque las casadas, cuando no somos muy tontas, usamos diversos estilos de mirar, y yo le miré como debía.

Inesita abrió los ojos y la boca, como espantada, al oír que había diversos estilos de mirar.

Doña Beatriz, sin desistir de su idea de que el candor de su hermana le daba más precio, empezó a reflexionar que, si este candor rayaba en ceguera, podía perjudicar a sus planes. Algo le pareció que convenía ya, cuando no desatar la venda, aflojarla un poquito. Era tiempo de iniciar a Inesita en los más sencillos misterios de este pícaro mundo. Movida por este pensamiento, añadió doña Beatriz:

—Sí, hija mía, hay diversos estilos de mirar.

—Está bien, hermana, ya me lo explico —contestó Inesita—. Aunque soy bastante boba e ignorante de todo, porque en el pueblo me he pasado la vida cosiendo, jugando a las muñecas, cuidando a nuestro anciano tutor y arreglando el altarito donde estaba San Antonio con el Niño Dios en los brazos, mientras que tú leías, estudiabas y conversabas, todavía se me alcanza que se mira de distintos modos: por ejemplo, con afecto y con indiferencia.

—Así es.

—Lo que no comprendo es por qué las casadas saben de eso, y no saben de eso las solteras.

—Porque las solteras no deben saberlo; porque si lo saben, deben aparentar que lo ignoran, y porque pierden mucho si miran con arte, a no ser tan maravilloso el arte con que miren, que ni el más ladino le note.

—Y dime, hermana, ¿no pudiera ser que, sin reflexionarlo, y en virtud de ese instinto, más inspirado y menos falible que la reflexión, mirase a veces una soltera boba tan bien o mejor que las más hábiles casadas?

—Todo es posible. El ingenio lo puede todo. Voy, no obstante, a indicarte los tres principales escollos en que puedes tropezar si te pones a mirar a los hombres. Primer escollo: que se te vayan los ojos tras de aquel a quien mires, lo cual es rendirte, entregarte como atada de pies y manos, hacer que se entibie el amor si ya le inspiras, o que burlen y profanen y escarnezcan tu amor si no te corresponden. Segundo escollo: que por timidez o desconfianza mires como asombrada y arisca, exponiéndote a pasar por boba o por sosa no siéndolo. Y tercer escollo: que, poseedora de la ciencia del mirar y de las otras ciencias que la del mirar presupone, no atines a disimular y velar esta sabiduría, y te acusen y zahieran de lagarta, de licurga, de desenvuelta y libre, y de harto sabida para soltera.

—Me parece, Beatriz, que para evitar esos escollos lo mejor es dejarse llevar del impulso.

—¡Ay, hija mía! No hay frase más vacía de sentido. Según Braulio, que lee muchos librotes en los ratos de ocio, lo menos lleva ya el género humano doce mil años de civilización. ¿Dónde habrá ido a parar el legítimo y puro natural impulso, después de tanto jaleo de creencias, leyes, doctrinas, costumbres, usos, modas y convenciones sociales? Échale un galgo a tu natural impulso. Hazte salvaje, o búscale entre los salvajes si quieres tenerlo. Además, que el natural impulso, el impulso meramente natural, es vicioso y malo. Extraño mucho que una joven, tan buena cristiana como tú eres, se fíe del natural impulso. Pues buena quedó la naturaleza después del pecado original, para que de ella nos fiemos.

—Mujer, me equivoqué, me expliqué mal. Lo que yo quería decir era que debía dejarme llevar, para mirar, como para todo, de mis sentimientos cristianos, de ese natural impulso mío, modificado y depurado por la educación moral y religiosa que, a Dios gracias, he recibido.

—¡Pero ven acá, inocente! ¿Qué trae la doctrina del Padre Ripalda sobre esos interesantísimos pormenores? No los previó y te dejó a oscuras. Nuestro tutor, en los largos sermones que nos echaba, jamás tocó este punto. ¿Cómo habían de calcular el Padre Ripalda ni nuestro tutor que ibas a pasearte en el Buen Retiro, y que ibas a ser perseguida por un condesito, buen mozo, elegante, ilustre, con coche y con más de 15.000 duros de renta? En este caso complicado intervienen mil elementos ajenos a la teología moral. Y lo que es el coche, la elegancia, el condado, la renta de los 15.000, los conciertos del Buen Retiro y otra infinidad de circunstancias, nada tienen que ver con la naturaleza; están por cima de ella; pueden y deben calificarse de sobrenaturales, ya que van añadidas y como sobrepuestas a lo natural por la cultura del siglo.

La risa y el buen humor con que doña Beatriz decía todo esto desconcertaron un poco a Inesita. No sabía si echarlo también a broma o replicar seriamente. Resolviose al fin por lo segundo, y dijo:

—Hermana, sean naturales o sobrenaturales las circunstancias, persisto en creer más seguro que cualquier artificio y estudio esto que yo llamo mi impulso natural. La sinceridad y la franqueza son siempre lo que más cuenta nos trae hasta por el lado práctico y útil. Niego esa ciencia o ese arte, de mirar. Para nada le necesito. Una doncella honrada y modesta debe mirar a todo galán como la buena crianza le aconseja, para no aparecer grosera, con el afecto general que siente o debe sentir por todo prójimo, y con la debida circunspección, para que el galán no interprete mal su benevolencia y se las prometa felices. Si el galán pasa de galán indiferente a galán amado, ya el amor inspirará a la doncella el conveniente modo de mirar a quien le enamora, sin que se canse en aprenderlo por arte.

—Oye, Inesita —dijo doña Beatriz—; no te hablo de broma, sino con gran seriedad en el fondo. Tú tendrías razón en lo que dices si no hubiese período de transición entre el estar enamorada y no estarlo. Tú misma lo has dicho. Si el galán pasa de indiferente a amado. Pues bien; para este paso son las reglas y el arte. A quien te ame y sea correspondido de veras, mírale como quieras. El amor mismo te enseñará el modo de mirarle; pero, hija mía, no se trata de eso; se trata de aquel a quien no amas aún y que aún no te ama.

—A ése le miraré como a prójimo.

—Ahí está tu error, Inesita. Tú no pones término medio entre el desamor y el amor. Ese salto sí que es antinatural, peligroso e inverosímil. Nadie pasa, por fortuna, de la indiferencia al amor sin grados, trámites y términos medios. ¡Pues no faltaba más! Hija, el amor viene poquito a poco. Desde la indiferencia, o mejor dicho, desde el afecto general a todo prójimo hasta ese exclusivo sentimiento que se llama amor, hay una escala gradual, que se va subiendo punto por punto, y que constituye el período del coqueteo. Sin tal coqueteo, sin irse encaramando por los grados o escalones de la precitada escala, nadie llega jamás hasta el templo del verdadero amor, ni alcanza su gloria y sus favores regalados.

—¿Cómo es eso? ¿Conque yo no podré amar ni ser amada nunca sin coquetear antes?

—No te niego la posibilidad; pero sería difícil, extraordinario. En novelas, en poesía solo, se ve, por ejemplo, a un señor que ve pasar por la calle a una dama, y pataplum..., de repente..., cátale muerto de amor por ella. Ella también le mira..., y adiós reposo y juicio; sin saber si es un tunante o un hombre de bien, un tonto o un sabio, un rico o un pobre, ya la tenemos enamorada. Lo racional no es esto; lo racional es que las personas se traten, se hablen, se conozcan, se estimen, vayan aficionándose una a otra, hasta que al cabo se amen. Todo este período es lo que yo he llamado el coqueteo. Mira tú si el coqueteo es necesario y útil. Sin él no hay amor. Y si no ponte con una cara que despida huéspedes, no hagas caso de nadie, no mires a nadie sino como a prójimo mientras no sientas amor, y el amor ni acudirá jamás a tu alma ni tú le infundirás jamás en otra alma humana. El coqueteo es, pues, un rito, un culto, una plegaria, una evocación del amor para que venga. Digo todo esto a fin de que te dejes de gazmoñerías y vayas siendo algo coqueta. Y como yo deseo que lo seas con distinción y suavidad, sin desafuero de ninguna clase, con la compostura y modestia que se requieren, y conservando ese maravilloso candor, ese aspecto de inocencia purísima que Dios ha puesto en tu ademán y en tu semblante, por eso te recomiendo el arte divino.

—Y con ese arte, ¿qué ganaré?

—Ganarás que te amen. Vamos a un caso particular. Hablemos del condesito de la otra noche. Bien sé que no le amas. Demos gracias a Dios de que no te ha hecho tan inflamable que te pongas a amar a un hombre solo con verle de pasada. No es de presumir tampoco que él esté perdidamente enamorado de ti. Tampoco los hombres se enamoran de súbito. Lo que sí es probable, casi seguro, es que el condesito te ha encontrado bella, airosa y elegante; ha imaginado que eres buena y que estás bien educada, en lo cual no se equivoca, y te admira y le atraen hacia ti curiosidad, simpatía y otros vagos deseos y pensamientos. Te concedo, además, que el condesito, con su petulancia, que es mucha, se promete triunfos y victorias que no te hacen favor. Pues bien; todo esto es el fundamento de un coqueteo. Importa no espantar esas simpatías nacientes poniendo cara de baqueta; importa refrenar las esperanzas infundadas y atrevidas; es menester domar con el debido respeto todo irreverente propósito; y se debe, por último, atraer al condesito, a ver si te ama y tú le amas.

—Pero si yo no le amo.

—Ya sé que no le amas. ¿No lo he dicho? Ni él te ama tampoco. Pero ¿te amará nadie nunca ni tú amarás a nadie si sigues así? ¿Cómo ha de acudir a ti el amor si le oseas cual si fuese pájaro de mal agüero?

Inesita casi se sintió vencida. Su hermana siguió haciendo tan sabias y profundas reflexiones, que la chica vino a alucinarse y a imaginar que el coqueteo, dentro de ciertos límites, era un deber, al que estaba faltando. Inesita prometió, pues, seguir los consejos de su hermana hasta donde, sin violentarse, le fuera posible, y ser un poquito coqueta, con dignidad y con el arte que iría aprendiendo.

Doña Beatriz dio por cierto que a la noche siguiente, en el Buen Retiro, hallarían al condesito, serían perseguidas por él y habría ocasión de que Inesita mostrase su aptitud, no probada aún, para la coquetería.

Según doña Beatriz, todo el papel de Inesita en la noche siguiente debía limitarse a decir con los ojos, por estilo vago y claro, sin embargo, con tal arte que pareciese la frase irreflexiva, y espontánea, con impecable pureza y sencillez de intención y sin prometer nada que pasase de amistad: «Me es usted simpático, aunque deploro que sea usted un tanto cuanto fatuo. Me alegraré de tratar a usted, mas para ello quiero que sea usted menos presumido y más comedido, y que se haga presentar como la buena sociedad exige y de modo que no choque.»

Inesita sostenía que con los ojos era imposible enjaretar tan larga perorata. Doña Beatriz, por el contrario, aseguraba que con los ojos se decía todo sin dificultad alguna.

En esta cuestión estaban, cuando llamó a la puerta don Braulio, y entró luego en el cuarto, interrumpiendo a las dos hermanas.

El hombre era según se le habían descrito al conde de Alhedín: flaco, calvo, pequeño de cuerpo, nada bonito; y, aunque solo tenía cuarenta y cinco años, parecía tener diez más, porque el trabajo, los cuidados y los disgustos le habían envejecido. Estaba vestido con limpieza y sencillez. Su rostro moreno tenía admirable expresión de bondad y de inteligencia. Sus ojos negros, única cosa bella que había en él, brillaban a cada mirada con luz viva y penetrante. Sus mejillas, hundidas, estaban surcadas de arrugas; pero en su boca, más bien grande que pequeña, había firmeza y brío, y sus labios delgados se plegaban con gracia, prestando animación a toda la fisonomía y dejando ver dos hileras de dientes blancos, sanos y bien puestos. La nariz de don Braulio, aunque no deforme, era un si es no es acaballada o de pico de loro.

Don Braulio venía muy fatigado, y a las pocas palabras que habló con las mujeres pensaron todos en retirarse a dormir.

La primera que salió de la sala fue doña Beatriz.

Don Braulio quedó un momento solo con Inesita. Acercose entonces a ella y le dijo en voz baja:

—Inés, tengo que cumplir con una comisión que para ti me han dado. Toma esta carta, guárdala y léela con detención y reposo. El que la escribe exige que no hables con nadie de la carta, sino conmigo si quieres. Hasta para tu hermana ha de ser un secreto. ¿Lo entiendes? Hay, además, otra condición extraña. La contestación que has de dar no se te admite hasta dentro de un mes, y se te suplica al mismo tiempo que no retardes el darla más de cuatro meses.

Don Braulio, dicho esto, puso la carta en manos de Inesita, y se fue por donde su mujer había ido, sin aguardar a que Inesita leyese la carta o le hiciese alguna pregunta sobre ella. Parecía que don Braulio deseaba también que Inesita meditase con sosiego, antes de hablarle del importante negocio de que sin duda la carta trataba.

V

Apenas Inesita se quedó sola miró el sobrescrito de la carta, y, sin emoción, casi sin curiosidad, al menos perceptible, iba a abrirla y a leerla, cuando apareció en escena un nuevo personaje, que hizo que la muchacha se guardase precipitadamente la carta en el bolsillo.

Este nuevo personaje era el ama Teresa. Llamábanla ama no porque jamás lo hubiera sido de cría, sino porque había sido ama de gobierno del señor Cura. Estaba ya más cerca de los sesenta que de los cincuenta años, y había cuidado con grande esmero y cariño de Beatriz y de Inés desde que ellas habían quedado huérfanas. A las dos las quería mucho; pero, como había cuidado a Inesita desde más niña, y como Inesita seguía soltera, tenía con ella mayor familiaridad y confianza.

Por extraña alucinación, más frecuente de lo que se piensa, el ama, como si los años hubieran pasado en balde o no hubieran pasado, no veía en Inesita a la mujer ya formada, sino a la niña pequeñuela que había mimado tanto.

Seguía, pues, mimándola y tratándola como si Inesita tuviera cinco o seis años. Sus acciones con relación a Inesita se resentían de dicha alucinación; pero en sus discursos, cuando hablaba con ella, había una combinación graciosa de los mimos e inocentadas con que se habla a las criaturitas, y de los esfuerzos de ingenio y de estudiada discreción con que las personas ignorantes y rudas procuran nivelarse con aquellas de cuyo saber e inteligencia han formado el concepto más ventajoso.

En cuanto tenía o creía tener por experiencia alguna superioridad, el ama hablaba a Inesita con dulce imperio, mientras que en negocios de más alta trascendencia, en lo que iba más allá de lo material y presuponía cierta cultura del espíritu, el ama se dirigía a Inesita con respeto profundo y con el afán de ponerse a su altura. Por lo demás, el ama se complacía en discretear con Inesita, en contarle sus impresiones y en buscar modo de poder decir que discurría como ella; que su espíritu y el de Inesita estaban en completa consonancia.

—Vamos —dijo el ama—, ¿qué haces aquí tonteando? Ven a acostarte. Nada es más dañino para la salud que esta pícara usanza de Madrid de hacer del día noche y de la noche día.

—Ya voy —contestó Inés.

Y siguió al ama, que la acompañaba siempre, la ayudaba a desnudarse, como a vestirse, y nunca se apartaba de ella por la noche hasta dejarla en la cama.

El cuarto de dormir de Inés estaba puesto con singular esmero y limpieza. Sobre la cómoda, en una urna de vidrio, se veía un San Antonio de Padua, de bulto, hecho de barro cocido y pintado por no vulgar artista. El joven Santo, gloria de Lisboa, era muy lindo de cara, tenía buenos colores, como si la vida penitente no le hiciese mella por la gracia de Dios, y se mostraba alegre y extasiado mirando al Niño Jesús, el cual estaba en sus brazos y le prodigaba mil regalados favores.

La pobre cama de Inesita, las tres sillas que tenía y un pequeño velador, sobre el cual había recado de escribir, eran la pulcritud misma. Completaba el mueblaje un armario de pino con puertas vidrieras, dentro del cual había varios libros y no pocas curiosidades y primores de casi ningún valor, pero que allí estaban custodiados como si fueran los más portentosos objetos de arte. Allí aparecían, colocados en buen orden, los reyes magos y algunos pastores y zagalas de un antiguo nacimiento, un ángel, dos muñecas vestidas con mucho aseo, y varias cajitas y otros juguetillos que daban testimonio de lo cuidadosa y guardadora que era su hermoso dueño.

La ropa blanca de Inesita estaba en la cómoda, y los vestidos y demás galas se conservaban en un cuartucho oscuro, inmediato a la alcoba, donde había perchas, y donde los cubrían algunas colchas viejas de indiana y de coco.

Lo primero que hizo Inesita fue esconder la carta con el mayor disimulo entre la almohada de su cama y la funda. Luego dejó reposadamente que el ama la ayudara a desnudarse, lo cual fue obra de pocos minutos. Y quedó al fin en la cama, con el pelo no recogido en red ni en cofia, sino suelto en rica y adorada madeja.

Dijo Inesita que no tenía ganas de dormir, y rogó al ama que la dejase luz para leer en un libro devoto durante media hora siquiera. El ama, aunque a regañadientes, tuvo que aproximar a la cama el veladorcito y dejar en él encendida una vela.

Durante todo esto no estaba ociosa la lengua del ama. Inesita casi respondía siempre por monosílabos, deseosa de que terminase la charla y de quedarse sola; pero el ama estaba en vena aquella noche y no acababa con sus reflexiones y discursos.

Entre otras cosas decía:

—Hija, no se me alcanza el gusto que puedan tener tu hermana y su marido en vivir en este laberinto de la corte. ¡Cuánto mejor estábamos en nuestro pueblo! Verdad es que allí el sueldo era más ruin; pero... si allí con una peseta se hace más que aquí con un duro... Yo, lo confieso, me ahogo en estos tabuquillos y chiribitiles en que vivimos. ¡Cuánto echo de menos aquellos patios, aquellos corralones de mi tierra! ¡En la cocina del señor Cura cabía toda esta habitación y sobraba sitio! ¡Y luego... vivir tan altos... tan encaramados! ¡Vaya si hay escalones hasta llegar aquí! Y no es esto lo peor. Lo peor es el poco o ningún caso que le hacen aquí a una. Todavía no tengo en Madrid persona con quien hablar. Allá en el pueblo, ¡qué delicia! Salía yo a la calle y no había perro ni gato que no me dijese: «Dios guarde a su merced; adiós, ama Teresa. ¿Cómo lo pasa usted, señora?», y otras cosas por el estilo. Aquí no hay un alma que me dirija la palabra y me dé los buenos días. Luego todo está carísimo; se come oro: o es menester ponerse a dieta, o gastar en comer cuanto dinero hay. Dentro de poco empezarán los zorzales, y en nuestra tierra llegan a ponerse hasta a cinco cuartos el par. Ve tú a comerte aquí dos zorzales tan gordos como aquéllos. Ya, ya..., trabajo te mando... Sobre que no los hay... Y toma... Si los hubiera, costarían un ojo de la cara. ¡Pues a fe que te gustaban a ti poco los zorzales! ¿Y las anguilas? ¿Y las ancas de rana? Nada de esto está por aquí a nuestros alcances sino cuando repican recio.

—No seas golosa, ama; no seas golosa; no te acuerdes tanto de las ollas de Egipto, como decía el señor Cura, quien te solía reprender por ese vicio de la gula —dijo Inesita riendo.

—No es gula, ingrata. Yo me lamento por ti, y no por mí. A mí me basta con un plato de alboronía o con un gazpacho. Por otra parte, yo no me duelo solo de la comida, sino también de otras cosas. Y me duelo con razón. Y si no, seamos francas... ¿Crees tú que es tan fácil que en Madrid te salte un buen novio?

—Déjalo..., que no me salte. Si yo no estoy impaciente por tener novio.

—Pues ¿qué quieres tener? ¿Qué diablos han de tener las muchachas?

—Nada, mujer, nada...

—No, señorita; es menester que salte un buen novio y casarse. Tu hermana es excelente, tu cuñado es un santo; pero no has de vivir toda la vida con ellos y medio a expensas de ellos.

Inesita exhaló un suspiro, y el ama prosiguió:

—En el pueblo, para ti, que, eres una real moza, ¿cómo había de faltar algún rico hacendado, algún propietario o labrador con el riñón bien cubierto, que aspirase a tu mano? Pero aquí me parece difícil. Los ricos andan embaucados con las marquesas y con las duquesas, o con mil tunantas de mala ralea, que los explotan. ¿Qué es lo que queda para señoritas pobres como tú? Nada..., el apodo de cursis que suelen prodigaros..., y algún Don Líquido degollante, con más hambre que vergüenza y con más trampas que medios de ganarse la vida.

—¿Quién sabe, ama? —contestó Inesita—. No te apures tanto por mí. Dios proveerá. Adiós, y déjame ya sola.

El ama no tuvo más remedio que irse. Besó a su niña, y recomendándole que apagase pronto la luz y se durmiese, se salió del cuarto, cerrando cuidadosamente la puerta.

No bien quedó Inesita en la soledad, sacó del escondite la carta y leyó lo siguiente:

«Mi apreciable señorita y querida amiga: A pesar del respeto con que siempre he tratado a usted, no dejará usted de haber notado el cariño más que fraternal que desde que era usted niña le profeso. La diferencia de clase que hay entre usted y yo, y la escasez de mis bienes de fortuna, no me dieron nunca ánimo, mientras estuvo usted aquí, ni para soñar siquiera que podría yo pretender a usted a fin de que hiciese mi dicha, aceptando mi mano. Desde que usted falta de este pueblo Dios me ha favorecido, bendiciendo mi trabajo y desvelo, y cuento ya con rentas y medios para vivir aquí con familia, casi tan bien como los más pudientes. Este cambio o mejora en mi posición y la consideración de que su hermana de usted tomó por marido a un hombre honrado y pobre, y de que usted no ha de ser ni más ambiciosa ni más exigente que ella, me dan al cabo el atrevimiento que me ha faltado hasta el día, y me llevan a declararle que la quiero de amor y que sería yo el más dichoso de los hombres si usted me correspondiese.

»Conozco la nobleza y generosidad del corazón de usted, y sé que jamás se casará usted por mero cálculo; pero no soy tampoco tan irreflexivamente entusiasta que no entienda que, al dar pago tan importante como el de ligarse para siempre y formar una familia, no deban consultarse, pesarse y medirse las dificultades que ofrece la vida, y los recursos que hay para vencerlas. Por esto último, digo a usted con franqueza, sin creer que en ello la ofendo, que tengo hoy bastantes bienes. De lo que poseo podrá informar a usted circunstanciadamente su cuñado y amigo mío don Braulio.

»En cuanto a mi persona, usted me conoce y decidirá. Sé que no la merezco a usted; pero el amor me hace atrevido, y de él imploro que me preste los merecimientos que me faltan.

»No quiero que usted se decida de repente, sino después de examen muy detenido, a fin de que no tenga que arrepentirse de una ligereza. La vida de Madrid debe tener extraordinarios atractivos para las jóvenes. Quiero que vea usted a Madrid, y que conozca y aprecie todos esos atractivos, a fin de que renuncie a ellos, sabiendo lo que renuncia, cuando me dé un sí, si por dicha me le da. Si usted uniese su suerte a la mía, sería aquí respetada y amada; la rodearía yo de todo aquello que pudiera serle grato, hasta donde el bienestar y la cultura de estos lugares lo consienten; pero tendría usted que desistir de toda idea de volver, como no fuese de paso, a las grandes ciudades. Mi ambición y todos los planes de mi vida están cifrados en cuidar de mi caudal y en hacerlo mayor en este pueblo, donde quiero que vivan también mis hijos, si Dios me los concede. Por esto pongo un plazo a la contestación que deseo, y suplico a usted que no me la dé precipitada. Mi impaciencia es grande, pero sé refrenar mi impaciencia cuando se trata de mi felicidad de toda la vida, y, sobre todo, de la de usted, que me es mil veces más cara.

»Tengo un capricho, y le llamo capricho porque sería prolijo exponer aquí las razones en que se funda: tengo el capricho de que usted, con plena libertad, sin que nadie influya con sus consejos en favor o en contra, decida de mi suerte, desdeñándome o favoreciéndome.

»Así, pues, esta declaración mía es un secreto para todos, incluso para su señora hermana de usted, doña Beatriz. Solo don Braulio sabe el paso que doy; pero don Braulio me ha prometido no abogar por mí, y se limitará a dar a usted los informes que usted pida.

»Aguardaré hasta dentro de un mes, lo menos. No atribuya usted a frialdad de mi alma este largo aguardar que yo mismo impongo. Atribúyalo a la idea tan alta que tengo de la solemnidad y consecuencia del compromiso que induzco a usted a contraer.

»De usted depende mi dicha; pero no dude usted de que, aun desdeñado, seguirá siempre admirándola y amándola su afectísimo, PACO RAMÍREZ.»

Inesita leyó esta carta con muy viva satisfacción, mostrándola en el carmín que animaba y encendía su rostro. Nadie, sin embargo, que la hubiese observado en aquel instante, a no poseer facultades sobrenaturales para leer en las almas, hubiera descubierto si la satisfacción era solo de vanidad por verse querida, o también de amor hacia la persona que se empeñaba en enamorarla.

Leída la carta, Inesita se levantó de la cama, abrió el cajón de arriba de la cómoda y guardó la carta en él bajo llave.

Luego volvió a acostarse, apagó la luz y se colocó cómodamente para meditar quizá sobre el contenido del mencionado documento, y para dormir al fin.

VI

A la mañana siguiente Inesita y don Braulio, mientras que doña Beatriz, menos madrugadora que ellos, estaba aún en cama, tuvieron una larga conversación acerca sin duda de la carta de Paco Ramírez.

Después fueron juntas a misa las dos hermanas; después almorzaron todos, y, por último, don Braulio, no sin prometer antes que aquella noche llevaría a las dos muchachas a los Jardines del Buen Retiro, se fue al Ministerio de Hacienda. Aunque domingo, don Braulio motivó su ida, o dio pretexto a ella, suponiendo que tenía ocupaciones extraordinarias.

Ya en su despacho, donde nadie había acudido más que él, don Braulio, en vez de estudiar expedientes, estuvo largo tiempo sentado, con los codos sobre su bufete y las manos en las mejillas, estudiándose a sí mismo. Este estudio no debió de dar muy satisfactorio resultado. Don Braulio suspiró varias veces; frunció las cejas; mostró cierta cólera dando algunos puñetazos, y acabó por enternecerse y derramar dos lágrimas, que lentamente le surcaron el rostro.

Entonces, como por vía de desahogo y consuelo, escribió a Paco Ramírez la siguiente carta:

«Querido Paco: Anoche cumplí tu encargo con todos los requisitos y precauciones que me encomendabas. Beatriz ignora y seguirá ignorando el paso que has dado. Inés es muy sigilosa. En cuanto al efecto que la lectura de tu carta pueda haber producido en su ánimo, yo no sé qué decirte. Hoy de mañana he hablado con Inés; pero el corazón de una doncella es impenetrable, insondable como un abismo. El pudor, la candidez, la inocencia, todas esas prendas, que los hombres estimamos mucho, forman no ya un velo tupido, sino una muralla alta y gruesa, que sirve de reparo al corazón para que no se descubra ni se lea lo que en él importa leer. De aquí el engaño que padecen con frecuencia los hombres más despejados; engaño que no ven sino cuando ya no tiene remedio: después que se casan.

»Inesita parece, y yo creo que es, candorosa, buena, franca, todo lo que tú te imaginas; pero no deja descubrir no ya si te quiere o no, sino si tu carta la ha lisonjeado o no la ha lisonjeado. Eso sí: ella se ha mostrado muy agradecida al cariño y confianza que te infunde. De cuanto me ha dicho infiero, además, otra cosa muy importante. Si Inés reflexivamente hubiera pensado esta otra cosa, sería algo de censurar tanta reflexión; pero yo creo que ella la siente de un modo instintivo, sin darse cuenta completa, y atinando, sin embargo, con lo justo. En suma, Inés no calcula ni reflexiona, sino siente y percibe que tu plan es malo y ocasionado a error. Tú le propones que se decida en un mes o por los placeres de esta capital, por los triunfos de amor propio que aquí pueda tener y por las esperanzas ambiciosas que puedan nacer en su alma, o por tu persona, tu amor y tu mano. Esto sería discreto si no hubiese una circunstancia que lo echa a perder y que ha descubierto ella enseguida.

»Es esta circunstancia tu ausencia. Ausente tú, y presentes todos esos bienes, aparentes o reales, que ha de abandonar por ti, la partida no es igual. No eres tú quien lucha, sino tu recuerdo, el cual, si por un lado vale menos que la persona misma, por otro lado puede valer mucho más si la poesía le hermosea. En resolución: Inesita no va a abandonar esto por ti, dado que te prefiera, sino por el recuerdo que tiene de ti, a quien no ve hace tres años. El recuerdo, además, tiene que ser confuso, incompleto, de diversa suerte, y ella tendrá que completarle y transformarle con la fantasía. Ella no te puede recordar como una mujer recuerda a un hombre, como una novia recuerda a su novio, sino como una niña recuerda a su hermano mayor. Tiene, pues, que añadir imaginariamente la cualidad de amante y pensar en ti de otra manera que hasta ahora ha pensado.

»Todo esto, y más, que tú comprenderás sin que yo lo diga, se agita en la mente de Inés. Yo interpreto, acaso me equivoque, pero se me antoja que ella se pregunta: "¿Me gustaba Paco, cuando le veía en el pueblo, como debe gustar un novio a su novia? ¿Me gustaba solo como hermanito? Y si me gustaba ya como novio, ¿era porque él se lo merece o porque en el pueblo no había yo visto a otros hombres que se lo mereciesen más? ¿No podrá acontecer que ahora poetice yo a Paco en mi recuerdo, y que le halle, cuando le vea, muy por bajo del recuerdo mismo? En su propia alma, ¿no puede darse un fenómeno semejante? Sea por lo que sea, explíquelo él como quiera explicarlo, es lo cierto que nada me dijo de que me amaba cuando vivíamos juntos, y ahora, que no me ve hace tres años, me declara su amor y quiere casarse conmigo. ¿En qué consiste esto?" Inés no responde a tales preguntas. No resuelve ninguna de las dudas que la asaltan. Entiendo, pues, que lo que desea, aunque no se atrevió a decírmelo, es que tú vengas por aquí; único modo para ella de verlo claro todo; de convencerse de que la quieres, y de comprender si ella te quiere a ti, prefiriéndote a todos los encantos madrileños, los cuales, a la verdad, son mil veces menores de lo que tú piensas, para los pobres como nosotros.

»Inesita no ha expresado, repito, el deseo de que vengas. Yo soy quien creo adivinar en ella este deseo, que tiene razón para sentir y no expresar. Ella no puede decir: «Venga usted a ver si me gusta y luego hablaremos: luego le diré que sí o le daré calabazas.» Esto, sin embargo, es lo razonable.

»Por lo demás, yo nada tengo que censurar en tus planes, sino mucho que aplaudir. Si te casas, debes quedarte ahí, donde eres uno de los primeros, y no venir a grandes poblaciones, donde tendrás que ser de los últimos.

»Para hombre de cierta clase y casado con mujer de ciertas condiciones es terrible esta vida.

»A ti solo, que eres mi amigo más íntimo y leal, puedo decírtelo; y a ti no puedo menos de decírtelo, a fin de aliviar el peso de mi angustiado corazón: soy muy desdichado.

»Beatriz se casó conmigo por amor. A pesar de la gran diferencia de edad, me quiso, no hallándome inferior a cuantos ahí había visto. Creo que Beatriz sigue queriéndome; pero el temor de que me pierda el cariño, la sospecha de que el alto concepto que de mí formó vaya rebajándose de continuo, me tiene constantemente sobresaltado.

»El menosprecio es contagioso. A fuerza de mirar mi mujer el pobre papel que hago, lo desdeñado que estoy, la humilde posición que ocupo, ¿no acabará por desdeñarme también? ¿No acabará por odiarme, si considera que la hago víctima de mi mala ventura? Ahí, aunque pobre, era una señorita de las primeras. Aquí es la mujer de un oscuro y miserable empleadillo, de quien nadie hace caso.

»Yo tengo mi teoría, con que me consuelo de mi mala ventura y saco a salvo mi orgullo. Pero ¿cómo convertir a mi mujer y hacerla creyente de mi teoría? ¿No le parecerá falsa?

»Mi teoría es como sigue. Yo creo que el entendimiento es uno, y me figuro un instrumento para medirle semejante al termómetro. Pongamos en él 100 grados, que es número redondo, y con 20, en mi sentir, bastará para todo lo práctico de la vida, si la fortuna sopla y las circunstancias son favorables. Con los 20 grados se llega a ser ministro celebradísimo, príncipe de gran mérito, presidente de república, banquero poderoso y hasta cardenal y papa. Para hacer todos estos papeles medianamente basta con la mitad de los grados, basta con 10. Seamos, no obstante, pródigos y concedamos 20 a las más altas notabilidades de la vida social y política. Todos los grados de entendimiento que tengas por cima de los 20 no solo te serán inútiles, sino nocivos; te distraerán de lo que importa a tu interés; te harán pensar en multitud de asuntos inútiles, en que no piensan los tontos; te concitarán él odio de los demás hombres, o harán que te miren como a un bicho raro y estrafalario, y de nada podrán servirte si no llegan a los 100, que son ya los grados del genio. Podrán también perjudicarte excitando tu amor propio y haciéndote pensar que eres genio o estás cerca de serlo, con lo cual es probable que te pongas en ridículo. Para ser genio se requieren los 100 grados bien cubiertos, y aun así, el genio suele quedar latente si el hado propicio no le saca a relucir. Entonces aparecen Cervantes, Newton, Shakespeare, Hegel y otros tales. Mientras esto no aparece no hay ser más deplorable y cómico que el hombre que tiene, en nuestro siglo, más de los 20 grados de entendimiento, necesarios para llegar a lo más sublime de la vida práctica, en el medio o ambiente de civilización que nos circunda. Claro está que, según progrese el género humano, subirá el nivel y serán menester más grados para lo práctico, así como, en antiguas edades, se requerían menos. En el estado salvaje, pongo por caso, bastaban dos o tres grados. No se requería para cazar y pescar, para estratagemas guerreras, etc., sino cierta astucia, cierto instinto poco superior al de las bestias feroces. Todos los grados de entendimiento que sobre esto tenía entonces un hombre eran don funestísimo y absurdo lujo. Ahora, como ya se han aplicado a la guerra las matemáticas y otras ciencias, y se caza y se pesca en la Bolsa, en los Congresos, en Sociedades mercantiles e industriales, no disparando flechazos, sino creando valores, acciones, obligaciones y otros proyectiles más complicados, los grados que se necesitan son 20. Repito que, como el mundo va deprisa, dentro de un par de siglos se necesitarán 40; mas por lo pronto, ya está aviado el que pasa de los 20. ¡Qué estorbo tan horrible en los grados que le sobran! El sentido más hondo, más filosófico, más trascendental de la frase pasarse de listo consiste en esta superioridad lastimosa. Todos los tiros que se disparan se escapan por cima del blanco. La crítica asesina precede, además, a toda inspiración y te la mata. No haces mil cosas porque te parecen tonterías; otro las hace, y medra. En cambio, lo que tú haces por parecerte discreto, o mal comprendido, o juzgado solo por el éxito, que suele ser deplorable, parece tonto a todo el mundo.

»Tal es, en resumen, mi teoría. Con ella trato en balde de consolarme de mi corta ventura, teniendo la inocente vanidad de creerme con más de los 20 grados y de pasarme de listo en el sentido más profundo y filosófico de la frase.

»Esta triste satisfacción que yo me doy es por demás alambicada para que le valga a mi mujer. Ella no mira sino que va a pie, que vive en pobre casa, que nadie la atiende, y que el respeto, la consideración y la lisonja de que anhela verse rodeada le faltan por mengua mía.

»Yo noto, mido, calculo instante por instante el rápido progreso que hace este mal en el corazón de ella. En esto también me paso de listo. Soy listo para atormentarme. Me comparo al médico cuando advierte los progresos de la tisis en una persona querida, prevé los estragos que va a haber y no sabe ni evitarlos ni remediarlos.

»De sobra veo patente el desprecio de mí que poco a poco va entrando en el corazón de Beatriz y devorando el afecto que me tiene. Pero ¿cómo impedir esto? ¿Cómo probarle que valgo más que los dichosos y encumbrados y ricos? Cuanto discurso haga contra ellos parecerá sugerido por la envidia y me hará más despreciable a sus ojos.

»Si yo fuera joven, hermoso y robusto, me quedaría la esperanza de que por ello siguiese Beatriz amándome, aunque dejase de tener elevada opinión de mis prendas intelectuales; pero estoy viejo y achacoso, y soy enclenque y feo como el demonio. Me aplico, pues, con amargura aquella pregunta del poeta:

¿Qué le queda al demonio, ¡vive Cristo!
si se le quita la opinión de listo?

»Y sin vacilar respondo: Nada. Pronto no quedará nada para mí en el corazón de ella, sino ofensiva compasión, si no gasta toda la que tiene en compadecerse a sí misma. Y más vale que no me compadezca. Bien dice nuestro inmortal novelista: "Y sobre todo, el cielo te guarde de que nadie te tenga lástima".

»Yo estallaría, me ahogaría si no comunicase con alguien mis penas. Por eso te las confío. Beatriz no advierte nada. ¿Cómo, de qué, por cuál motivo quejarme con ella y de ella?

«Yo la amo con toda mi alma, y necesito para ser feliz que ella me ame y me respete. Pero aquello de que el amor impone el amor es una mentira. Y tampoco quiero yo que me ame y me respete para cumplir una obligación: en virtud de un contrato.

»Veo, pues, que voy perdiéndolo todo en el alma de Beatriz, y no le doy a conocer que lo veo. Percibo claramente el abismo en que voy a caer, y sigo caminando hacia él, sin que me sea posible torcer por otro camino o cegar el abismo.

»Ésta es mi horrible situación. A nadie, ni a ti mismo, debiera confiarla; pero necesito depositar en alguien mi secreto dolor. Ven por aquí a consolarme. Ven también por Inesita. Acaso te ame. Es buena y cariñosa como Beatriz, y no tiene ambición como Beatriz. Además, tú eres joven y buen mozo... ¡Qué desatino hice en casarme! Pero ¿qué había de hacer, si estaba enamorado? ¿Quién me quitará la gloria de haber sido amado de ella? Ella me ha amado; ella me ama todavía. ¿De qué voy a arrepentirme? ¿Quién, por temor de perder el bien, se lamenta de haberle logrado?»

Tal era la carta que escribió don Braulio, que cerró cuidadosamente y que certificó para que no se perdiera, antes de confiarla al correo.

Hechas ya sus delicadas y lastimosas confidencias se sintió algo más aliviado y sereno, y se dispuso resignado a cumplir la promesa de llevar aquella noche a Beatriz y a Inesita a los Jardines del Buen Retiro.

VII

Los poetas dramáticos tienen que hacer hablar a sus personajes según el carácter, condición y pasiones que representan, sin que en tan estrecho cuadro, como es el de un drama, haya fácil modo de poner correctivo a las malas doctrinas o sentencias inmorales que dichos personajes puedan emitir. Así es que los pobres poetas dramáticos fluctúan entre dos escollos. O bien convierten a sus héroes en enojosos y pesados predicadores, o bien, si les dejan hablar lo que la pasión naturalmente les inspira, se comprometen a responder ante la posteridad, y sí sus obras no llegan tan lejos, ante sus contemporáneos, de todos los extravíos, delirios y ensueños que ponen por fuerza en boca de los hijos de su fantasía, acalorados y vehementes. Así, para ilustre ejemplo de lo dicho, citaremos a Eurípides, a quien, desde muy antiguo, han acusado de corruptor. Sabido es que César, a fin de justificar todas las insolencias y maldades de que se valió para apoderarse de la dictadura, repetía con frecuencia ciertos versos del trágico mencionado.

Yo, en general, soy muy opuesto a enseñar nada en obras de amena literatura, y mil veces más opuesto si la enseñanza es de máximas pecaminosas. Por esto escribo novelas, y no dramas. En la novela caben todas las explicaciones: en pos del veneno se administra la triaca. El autor puede tomar la palabra en medio de la narración y contradecir a sus personajes, mitigando o ahogando enseguida el mal efecto que las opiniones de cualquiera de ellos hayan producido.

Prevaliéndome de este permiso, y para aquietar mi conciencia, harto escrupulosa, tengo que hablar ahora de don Braulio y de su carta, la cual contiene proposiciones aventuradas sin duda, y que, creídas por el cándido lector, pudieran pervertirle con una de las más feas perversiones que se conocen: la de considerarse genio no comprendido, ser superior desatendido injustamente.

Don Braulio trabajaba como un negro en su oficina, pasaba por un empleado probo e inteligente y no descubría sus humos de genio o semigenio sino con el mayor sigilo y a su amigo más íntimo.

Su teoría orgullosa le servía de consuelo, o al menos de alivio, en ciertas amarguras y sospechas, que le atormentaban cruelmente, sin que sepamos aún hasta qué punto doña Beatriz había dado motivo para ello.

Don Braulio, por último, si se juzgaba víctima, no culpaba a la sociedad en su conjunto, ni a ningún individuo singularmente, sino suponía que todo emanaba, por manera fatal e inevitable, de la misma naturaleza de las cosas.

En suma, don Braulio, melancólico por temperamento, poco favorecido de la fortuna, y enamorado y celoso sin saber de quién, deliraba acaso forjando teorías; pero no dejaba que dichas teorías trascendiesen a la práctica, y parecía, a la vista del más lince, como un empleado modesto, que sabía todo cuanto importaba saber y hacía cuanto importaba hacer para ganar el sueldo en conciencia y no estafar al Tesoro público o tomar las oficinas por hospicios destinados a gente de levita o a mendigos de privilegio.

En cuanto a la teoría en ella misma, no hay poco que decir en contra; pero aquí no vamos a filosofar, sino a narrar. Diré, con todo, que aun suponiendo que en cada grado de cultura a que va llegando la sociedad se requieren solo ciertos grados de entendimiento para lo práctico y diario, y que los demás grados son del todo superfluos, inútiles y hasta nocivos, salvo en casos excepcionales, todavía habrá que conceder que el entendimiento no es la única potencia del alma que vale al hombre para lograrse; la voluntad, el carácter, entran también por mucho.

Por otra parte, el entendimiento, en su esencia, es semejante a Dios; nadie le ve, nadie le conoce, nadie le reverencia y acata sino en sus obras. Así es que don Braulio, o cualquiera otro, podría tener más de los 20 grados de entendimiento que, en su sentir, eran necesarios o convenientes para lo práctico; pero cuando este plus, cuando esta sobra intelectual no se manifiesta en nada, sino en echar a perder el entendimiento que está en uso, no hay razón para quejarse de que el mundo no aplauda ni se pasme de lo invisible y recóndito que no puede sondear, ni penetrar, ni desentrañar. ¿Quién sabe si el amor propio engaña y hace creer a muchos que poseen ese entendimiento excesivo y superfluo, y tal vez no poseen sino una dosis superlativa de fatuidad? Y si no engaña el amor propio, si en realidad tenemos ese superior entendimiento, y no llegan las circunstancias favorables en que se muestre, lo mejor es callarse, resignarse y vivir como viven los hombres menos despejados, sin presumir de genios, sino trabajando humildemente para ganarse la vida, tratando de igual a igual con los seres vulgares, y reservando el superior entendimiento para hablar con Dios o con seres sobrenaturales, o para conversación interior con uno mismo, si no cree en nada el semigenio, o si, a pesar de su categoría mental, no se dignan los ángeles ni los númenes bajar del cielo o del Olimpo a fin de tener con él un rato de palique.

Voy a poner por caso la vida de Spinoza. Esto explicará mejor mi idea. Figurémonos que aquel sabio no hubiese escrito sus obras filosóficas; que por cualquier motivo se hubiese llevado al sepulcro el secreto de su admirable, aunque extraviada, aptitud para las más profundas especulaciones metafísicas. Claro está que, abrumado dicho hombre extraordinario por sus sublimes y extraños pensamientos, no hubiera sido en la vida práctica ni rico fabricante, ni mercader dichoso, ni hábil hombre político, ni nada por este orden; pero hubiera, trabajado en pulir vidrios para lentes o en hacer zapatos, o en cualquiera otro oficio o menester mecánico, y no hubiera tomado por pretexto lo de sentirse genio para ser un vago sin oficio ni beneficio, y lo que es peor, no un vago divertido y alegre, sino un vago quejumbroso y llorón o maldiciente, mordaz y ponzoñoso como las víboras.

Disculpemos, pues, o al menos seamos indulgentes con nuestro don Braulio, cuyo orgullo se quedaba escondido en el centro del alma, revelándose solo al más íntimo de sus amigos en el momento en que se mostraban también las heridas más profundas de su corazón.

Don Braulio había sentido la necesidad de confiar sus penas a un amigo, a fin de no ahogarse; pero, salvo esta confidencia, si pecaba por algo era, por reconcentrado y lleno de disimulo.

Su mujer no había advertido aquel disgusto, aquella sospecha que le atosigaba el alma.

Su mujer parecía que le amaba; sin embargo, su carácter alegre y su temprana juventud la excitaban al regocijo y la impulsaban a que tratara de distraerse y divertirse.

No era doña Beatriz despilfarrada, sino ordenadísima y económica. Era, sí, ambiciosa y amiga del lujo y de las galas; y si bien no la atormentaban la envidia ni el despecho al ver a otras mujeres, menos bonitas y menos distinguidas por naturaleza, lucir joyas, sedas y encajes, ir en coche y circundarse de la resplandeciente aureola que ofrece el lujo a la hermosura, anhelaba gozar de todo esto, y no acertaba a ocultarlo a su marido.

De aquí el dolor y el punto de partida de las sospechas de don Braulio.

Si don Braulio no hubiera amado a su mujer; si hubiera creído este anhelo un capricho irracional, quizá le hubiera importado poco de todo; pero don Braulio la amaba, y, además, según su modo de considerar las cosas de la vida, doña Beatriz tenía razón de sobra para ambicionar. Su anhelo, aunque la llevase hasta el extremo más lastimoso para él, era, según él, fundado, y sobre fundado, involuntario, fatal, preciso.

Don Braulio se culpaba a sí mismo, y no culpaba a doña Beatriz. ¿Por qué doña Beatriz le había amado? ¿Por qué se había casado con él? No era por lo lindo, ni por lo joven, ni por lo galán, ni por lo rico, ni por lo glorioso; era solo por el entendimiento superior, que la había seducido. Si este entendimiento se evaporaba, si no servía para nada, si doña Beatriz dudaba de él, y quizá con razón, ¿qué fundamento le quedaba para seguir amando a don Braulio? Antes tenía fundamento para aborrecerle. Aunque sea mala comparación, nadie, que no esté demente, compra un rico vaso de china, un artístico jarrón de porcelana de Sevres para ponerle en el corral y echar en él afrecho que coman las gallinas. Para esto basta y sobra con un lebrillo o con un tinajón de Lucena. El vaso artístico requiere un bello salón donde colocarle: pide flores peregrinas que luzcan en él. Así, una mujer como doña Beatriz estaba pidiendo lujo, regalo, elegancia, adoración, incienso; pasear en coche, y no a pie; vivir en un palacio, y no en un piso tercero; no ocultarse entre el vulgo, sino resplandecer en la sociedad más elevada.

Al pensar don Braulio en esto decía siempre para sí: «¿Por qué me casé con ella?» Y él mismo se contestaba lo que ya decía en la carta a Paco Ramírez: «Yo la amaba, y esto lo explica todo; ella me ha amado, quizá me ama todavía; su amor, aunque hubiera sido solo de un día, compensa todos los males que presiento y que en adelante pueden sobrevenirme.»

Con tales sentimientos ocultos en el seno, don Braulio, aparentemente gustoso y hasta regocijado, llevó a su mujer y a su cuñada a los Jardines a eso de las nueve de la noche.

Ambas iban de mantilla, con vestidos de seda oscuros, sin nada chillón ni disonante en colores ni adornos; con una innata elegancia, que se exhalaba como perfume de la misma sencillez y modestia de sus trajes.

Don Braulio era en el suyo, aunque limpio, harto descuidado. Su levita y su sombrero tenían la forma en moda hacía ocho o diez años. Su corbata negra estaba algo raída, y el cuello de la camisa, recto y sobrado grande, le llegaba casi hasta las orejas.

Beatriz se había medio peleado con su marido para obligarle a llevar más bajos los cuellos y a comprar nuevo sombrero y nueva levita. No había podido conseguirlo. «¿Qué quieres? —decía don Braulio—. Manías del señor mayor. Así iba yo cuando muchacho, y no quiero variar. Así te enamoré; así me quisiste; así te casaste conmigo.»

Doña Beatriz no sabía al cabo qué responder; se callaba, y dejaba ir a don Braulio como le daba la gana.

Aquella noche, pues, no hizo la menor observación sobre el traje de don Braulio; pero no por eso dejó de anudarle con gracia el lazo de la corbata, ni de alisarle el pelo, ponerle pomada y peinarle lo mejor que supo.

Los tres tomaron un cochecito con bigotera y se fueron a los Jardines. En el camino decía don Braulio:

—Me parece, y lo siento, que se van ustedes a fastidiar. No tenemos amigos. Ni siquiera tenemos conocidos. En medio de aquel bullicio vamos a estar como en un desierto. ¿Quién ha de hablarnos? ¿Quién ha de acercarse a nosotros?

—Hombre, no te apures por tan poco —respondía doña Beatriz—. Si no conocemos a nadie, si nadie nos habla, a bien que ni tú ni yo nos sabemos aún de memoria. Hablaremos; nos diremos cosas nuevas, nos haremos la tertulia entre los tres, oiremos la música y tomaremos el fresco.

—Para tomar el fresco —replicó don Braulio lo mismo es ir allí que al Prado.

—Y aun se ahorraría el dinero de las entradas —dijo doña Beatriz.

Inesita iba silenciosa, y dejaba que siguiese el diálogo entre marido y mujer.

—No lo digo por la miseria del gasto, Beatriz. Ya sabes tú que no soy mezquino, aunque soy pobre.

—Lo sé. No creas que sospeche yo que te duela gastar el dinero en obsequiarnos. Lo digo sin ironía. Lo digo solo para que comprendas que, vistas las cosas como tú las ves, es una tontería ir a los Jardines; pero yo, y sin duda Inés más que yo, las vemos a través de otro prisma. Gustamos de ver gentes, aunque no reparen en nosotras. La animación, la alegría, el espectáculo del lujo nos recrean. Aunque no nos forjemos la ilusión, ni esperemos, ni deseemos siquiera ser vistas y admiradas, queremos ver y admirar la gala, la hermosura y la elegancia de los otros.

—Tienes razón, hija mía, tienes razón. Yo me olvido de que eres una muchacha. Tus gustos son como de muchacha. Mal hiciste en casarte con un viejo... y con un viejo pobre y oscuro. ¿Querrías tú ser conocida y celebrada por ti, quedando tu marido en su oscuridad y en su pobreza? ¿Querrías tú que llegase yo a ser conocido como el marido de doña Beatriz?

—No lo quiero, ni eso es posible. Todo el que me conozca habrá de conocerte a ti; y, conociéndote, no podrá menos de estimarte por lo que tú vales, que es mucho, y no porque seas mi marido. Los que son solo conocidos como maridos es porque de otro modo no merecen serlo. Nadie se acordaría de ellos a no ser por sus mujeres. En cuanto a tu vejez, a tu oscuridad y a tu pobreza, me enamoran más, bien lo sabes, que la juventud, la brillantez y la riqueza en cualquiera otro. Si algo vale mi cariño, baña en él tu alma y te sentirás remozado. ¿No me hablas a veces de la dulce luz de mis ojos? Pues ilumina con esa luz tu oscuridad. ¿No afirmas que mi cariño es un tesoro? Pues ¿cómo te atreves, ingrato, a sostener que eres pobre?

Don Braulio, que iba sentado en la bigotera, al oír tan cariñosas frases en tan linda boca no pudo contener la emoción; se le saltaron las lágrimas y, tomando la mano de su mujer, la besó fervorosamente.

Doña Beatriz sintió en su mano una lágrima, que cayó sobre ella al dar el beso don Braulio.

Entonces dijo doña Beatriz:

—Vamos, vamos..., dejémonos de niñerías. No me pruebes ahora no ya que eres viejo, sino que eres mucho más niño que yo. Alegrémonos, serenémonos y vamos a divertirnos hasta donde sea posible. Apliquemos al caso presente aquel refrán que dice: «En casa del pobre más vale reventar que no que sobre.» Es menester sacarle bien el jugo a las pesetillas que vamos a gastar. ¡Pues no faltaba más! Sería un despilfarro hacer el gasto y no divertirse luego.

Don Braulio se serenó siguiendo los consejos de su mujer: procuró reír y mostrarse contento, y hasta excitó a su mujer y a Inesita a que se divirtieran.

De esta suerte llegaron a los Jardines, tomaron billetes y entraron.

VIII

Aquella noche había en los Jardines más gente que de costumbre.

Unos estaban sentados en sillas formando grupos, corros o pequeñas tertulias; otros iban girando por el paseo circular, en cuyo centro está el quiosco de la orquesta. Esta tocaba, con bastante maestría, el rondó final de la Cenerentola.

Nuestro don Braulio y sus niñas no vieron una sola cara conocida.

En vez de sentarse se pusieron a girar por medio de aquella concurrencia.

Pronto notó don Braulio que, aunque no conociera a nadie, no era lo mismo pasear solo que acompañado por mujeres tan guapas. Aquello distaba mucho de parecer un desierto.

Con frecuencia, sobre todo al pasar grupos de hombres, llegaban a los oídos de don Braulio vagos murmullos lisonjeros, y de vez en cuando palabras y hasta frases enteras de admiración y de encomio.

En España, no me meteré a moralizar sobre esto ni a decidir si está bien o mal, pero los hombres, sin creer que ofenden, suelen requebrar al paso a las damas, en particular cuando van solas.

En esta ocasión, o por no fijarse en don Braulio, o por dar poca importancia a su persona, o por juzgarle distraído y que no oiría, Beatriz e Inés recogieron buena cosecha de piropos.

Ambas hicieron la recolección tan impasibles y con tan fría dignidad, que pronto, como si hubiese corrido la voz de que aquellas criaturas no pedían guerra, los piropos terminaron, aunque no terminó el abrir calle cuando pasaban ellas. Siguieron asimismo los murmullos de entusiasmo y simpatía.

Habían dado ya tres vueltas nuestras muchachas, cuando en un grupo de jóvenes elegantes divisaron las dos a la vez al conde de Alhedín. Inesita conservó su serenidad olímpica, doña Beatriz se puso muy colorada.

—¿Viste al condesito? —dijo a Inesita al oído.

—¡Ay, ay, qué colorada te has puesto!

Otra nueva onda de roja sangre subió entonces al rostro de doña Beatriz, que se puso más colorada.

—Estás como una amapola —dijo Inesita.

El grupo en que habían visto al conde venía hacia ellas de frente. El conde iba sin duda a pasar al lado. ¿Quién sabe si les hablaría? ¿Quién sabe si les diría alguna palabra atrevida, que don Braulio oyese? Por este recelo quizá se había puesto tan colorada doña Beatriz.

Lo singular fue que el conde desapareció de pronto del grupo, el cual, al encontrarse con nuestras heroínas, se abrió para dejarlas paso, oyéndose por ambos lados murmullos lisonjeros y respetuosos, semejantes a los que de otras personas habían ellas oído ya.

Inesita dijo al paño a su hermana:

—¿Dónde se habrá escabullido el condesito?

—¿Quién sabe? —contestó doña Beatriz.

—Pues así, hermana, no es posible que yo le diga con los ojos todo aquello que me recomendabas anoche que le dijese.

No habían andado mucho trecho después de este breve diálogo, cuando vieron que de un corro, donde había sentada mucha gente, se levantó y destacó una señora elegantísima, aunque ya algo jamona. No había engruesado, y conservaba su esbeltez y gran parte de su hermosura, a pesar de los años. Estaba sin galas, impropias de aquel sitio público; pero todo lo que llevaba puesto era de exquisito gusto; rico sin ser vistoso.

En vez de la mantilla tenía sombrero. Su rostro era gracioso. Su tez sonrosada, aunque algo morena. Tenía en la cara dos lindos lunares, que parecían dos matas de bambú en un prado de flores. Sus ojos, grandes y fulmíneos, relampagueaban más merced al cerco oscuro con que había ella pintado los párpados. Su talle era majestuoso a par que ligero y flexible. En resolución, todo el porte y el aspecto de aquella dama denotaban que era una lionne, una verdadera notabilidad de la corte.

¡Cuál fue el asombro de Inés y de Beatriz cuando advirtieron que la notabilidad venía flechada a ellas! Un caballerete de veinticinco a treinta años, cargado con un abrigo y con una cajita, la seguía como si fuese un lacayuelo.

Apenas llegó la dama, se puso delante de Beatriz, la miró con ternura y exclamando: «¡Querida mía!» le echó al cuello los brazos y la besó en ambas mejillas.

Beatriz se quedó por un momento mirando a quien así la acariciaba. Reconociéndola al fin, dijo: «¡Rosita!», y le pagó sus besos con otros.

Tal vez el curioso y paciente lector que conozca y recuerde la historia del doctor Faustino haya caído ya en quién era Rosita. Era la famosa Rosita

Gutiérrez, hija del escribano de Villabermeja, que tan principal papel hace en la mencionada historia.

Rosita parecía inmortal, según se conservaba. Lejos de perder con la edad, podíase asegurar que había ganado.

Poquito a poco se había ido amoldando y ajustando por tal arte a los usos de lo más elegante de Madrid, que ya no se atrevía casi nadie a llamarla la «Reina de las cursis», que era el dictado que al principio le daban.

Su marido había atinado en los negocios, y se había enriquecido más aún. Ambos esposos se habían hecho muy aristócratas, religiosos y conservadores. Idolatraban a Pío IX, y tenían un título romano. Eran condes de San Teódulo. Habían ido en devota peregrinación a Lourdes y a Roma, y de allí habían traído varias reliquias del referido Santo, el cual había sido uno de los seis mil mártires de la legión Tebana; y por dicha, resultaba probado con evidencia que fue natural del pueblo más importante del distrito por donde el marido de Rosita solía salir diputado. Con las reliquias trajeron los peregrinos la efigie del dicho San Teódulo, y todo lo llevaron al pueblo, donde hubo un júbilo inmenso y fiestas estrepitosas. Nada más natural, después de esto, que el que Rosita y su marido llegasen a ser condes de San Teódulo.

Sin embargo, no contentos ellos con ser condes por Roma, anhelaban ser Marqueses en Castilla, y hacía tiempo que lo pretendían con ahínco. Entre tanto, cumpliendo con el refrán de «Niño no tenemos, y nombre le ponemos», habían cavilado mucho y disputado más los condes sobre el nombre que había de tener el marquesado. Convenían los dos en que el nombre había de ser el de alguna finca rústica que ellos poseyesen; pero, por desgracia, los de las fincas del marido de Rosita eran imposibles. Se llamaban: La Biznaga, El Hinojal y La Macuca. No era prudente titular con títulos tan feos. Habían resuelto, pues, que titularían sobre un cortijo de Rosita llamado Camarena; y ya soñaban con ser Marqueses de Camarena, conformándose por lo pronto con el condado de San Teódulo, mártir tebano y andaluz a la vez, lo cual, entendido como aquí debe entenderse, no implica contradicción.

Titulada Rosita, y más rica y boyante que nunca, sintió desenvolverse en su alma el amor más puro hacia las letras y las artes. Llamó a sus salones a los artistas y poetas, y se hizo una a modo de Lorenza la Magnífica o de Mecenas hembra.

En cuanto a la antigua cursería, hemos dicho que apenas osaba ya nadie acusarla de este defecto; defecto, por otra parte, tan vago e indefinible, que depende casi siempre del criterio de las personas el hallarle o no hallarle en otras. Lo que sí ocurre, por lo común, es que las acusaciones son mutuas. No se da apenas sujeto que, al calificar a alguien de cursi, haga más que pagarle, porque es seguro que los calificados por él le califican a boca llena de lo mismo.

¿Será esto porque la cursería es una cualidad indeterminada y confusa? Yo creo que no, pues he notado que sucede lo propio con otras cualidades harto determinadas. Siempre que he oído a una mujer hablar de las intrigas galantes, de los enredos y travesuras de las otras, he visto que de ella decían las otras mil veces más. Y en los labios de todo aquel de quien me han referido mil horrores por su conducta poco limpia en los empleos públicos, he oído también las diatribas más enérgicas acusando a los otros del mismo pecadillo.

Ora por bondad natural, aunque no ingénita, sino adquirida con los años y la experiencia, ora por desdeñar un arma embotada y mellada a fuerza de que todos la usen, la condesa de San Teódulo no tenía mala lengua. ¡Cosa rara! No hablaba mal de sus amigos. Solo hablaba mal de sus enemigos declarados y acérrimos. Entonces se esmeraba y lo hacía con mucho chiste. De vez en cuando, aunque su prosa hablada era exquisita, solía apelar al verso, y mandaba a su poeta favorito que escribiese aleluyas contra la persona a quien quería ella ridiculizar.

Apartada tiempo hacia de la amistad del general Pérez, la condesa no intervenía en la política; no disertaba sobre estrategia, poliorcética y castrametación. Ahora consagraba todo su ingenio a las musas. Y, además, desde su viaje a Roma, donde había estado tres semanas, había adquirido profundas nociones en el dibujo, pintura y artes plásticas, y se había hecho una arqueóloga más que razonable.

Tal, en resumen, era la amiga que, sin esperarlo, se encontraron en los Jardines Inesita y Beatriz.

Rosita, hacía ya ocho años, había estado en la feria del pueblo de ambas, no lejos del pueblo de ella, y había sido hospedada en la casa del señor Cura, amigo de su padre. Pero ¿cómo no se la habían olvidado aquellas mujeres, que eran niñas cuando ellas las conoció, y que debían de haber cambiado bastante? ¿Cómo acudía a ellas con tanta llaneza y bondad? ¿Por qué se las llevaba, como se las llevó, a su corro, sentándolas a su lado?

De todo esto don Braulio estaba tan pasmado o más pasmado que nosotros. La diferencia está en que nosotros sabremos la causa en el capítulo siguiente y don Braulio se quedará a oscuras y cavilando.

IX

Todas las presentaciones se hicieron con las ceremonias debidas, según la liturgia de la sociedad elegante. Doña Beatriz presentó a su marido a la condesa, y la condesa presentó a los caballeros que formaban el corro, primero a doña Beatriz y después a Inesita y a don Braulio. De esta suerte los tres se vieron lanzados en el gran mundo en un periquete, en un abrir y cerrar de ojos.

No estaba allí el conde de San Teódulo ni había más señora que la condesa. A ésta, como a casi todas las señoras de alto fuste y suprema elegancia, no le gustaba el trato con las mujeres sino en raros casos. Tanto más de agradecer y de estimar, por consiguiente, la extraña excepción que había hecho de Beatriz y de Inesita.

Sentados todos de nuevo en el corro, el poeta favorito de la condesa, a quien llamaremos Arturo, dio conversación a Inesita, sin que dejasen de hablar también con ella otros galanes.

Don Braulio, si bien sobresaltado ya y receloso de empezar a hacerse célebre por su mujer, habló con los señores más serios y machuchos.

Doña Beatriz y la condesa de San Teódulo hablaron largo rato entre sí y en voz baja, recordando su amistad antigua.

A los pocos minutos la condesa había exigido de doña Beatriz que se volviesen a apear el tratamiento, que se volviesen a tutear como ella recordaba que allá en el pueblo se habían tuteado.

¿Por qué negarse a tamaña amabilidad?. Las dos amigas se tutearon en efecto. Ya recordará el lector lo campechana que era Rosita de lugareña. De condesa seguía lo mismo con quien lo merecía.

—No acabo de comprender —decía Beatriz— cómo has podido conocerme entre tanta gente y después de tantos años.

—Hija mía —contestaba la condesa—, yo tendré corto entendimiento; pero tengo mucha memoria y, sobre todo, mucha y buena voluntad para aquellos a quienes estimo. Te hubiera reconocido entre cien mil personas, sin antecedentes, sin estar prevenida, sin aviso de que estuvieses tú entre ellas. Además, ¿qué mérito hay en mí? Quien te ve una vez no es posible que te olvide.

—Gracias, gracias; me confundes con tus elogios indulgentes y generosos.

—Digo la verdad. Y luego tú no has cambiado en la cara. Tu cuerpo es otro; te has desenvuelto, te has embarnecido algo, estás hecha una hermosa mujer. Praxíteles te hubiera tomado por modelo. Estas prendas, sin duda, son hoy otras en ti. Cuando nos tratamos en el lugar eras una niña. Yo vi entonces el fresco y tierno capullo; ahora veo la rosa, que ha desplegado todo el lujo exuberante de su aromática corola. Pero repito que la cara, la expresión, el mirar..., nada de esto ha cambiado. Cuando hablas pareces una mujer casada...; pero en silencio... pareces una niña, más cándida..., más inocente que tu hermanita, que también es muy mona.

—De todos modos... es singular..., sin antecedentes..., sin saber que yo estuviese en Madrid...

—No; eso no. Yo no gusto de jactarme de lo que no debo. Yo he sabido hace poco que estabas en Madrid. Si antes lo hubiera sabido hubiera ido a verte a tu casa.

—¿Y quién me conoce? ¿Quién ha podido hablarte de mí? Mi marido es un pobre empleado...

—Será lo que dices; pero su inteligencia y su laboriosidad tienen encantado al Ministro y lleno de envidia a todo el personal de la Secretaría. El Ministro no hace más que hablar de tu marido. Y lo que es de ti, aunque vives tan retirada, hablan ya muchos desde que, pocas noches ha, te vieron en estos Jardines.

—¡Es posible, mujer! ¿Quieres burlarte de mí?

—Harto sabes tú que no me burlo.

—No te burlarás porque eres buena, pero querrás embromarme. Es cierto que vine aquí pocas noches ha, mas nadie me conocía.

—Entonces te conocieron y te admiraron. Alguien que se precia de hastiado, de descontentadizo, de difícil, quedó tan hechizado que os siguió.

Doña Beatriz se puso colorada otra vez.

—¿Cómo sabes eso? —dijo.

—Él me lo ha dicho.

—¿Quién?

—¿Quieres que te regale el oído? El conde de Alhedín, la flor de los elegantes, el más guapo de nuestros pollos.

—Sería por mi hermana.

—De eso no me ha dicho el conde palabra. Se ha limitado a decirme que os siguió, y me ha hecho de vosotras el más brillante encomio. Asegura que jamás ha visto dos mujeres más bellas y más aristocráticas por naturaleza. Antes de llegar hasta mí había el conde tomado informes, y yo no sé cómo diablos se las había compuesto que, a pesar de vuestra fuga precipitada en un pesetero, sabía ya cómo os llamabais, dónde vivíais, quiénes erais, quién era tu marido y mil cosas más. Claro está que al decírmelas caí en la cuenta de que erais las niñas que tanto había yo querido en el lugar, y entré en deseo de volver a veros. Si he de hablarte con franqueza, solo he venido esta noche por aquí a ver si os hallaba. En casa tengo gente, un círculo de amigos. Allá me aguardan, y mi marido está con ellos. En fin, gracias a Dios que os he encontrado. Bien suponía yo que habíais de venir por ser noche de domingo, en que tu marido no tendría quehaceres. La otra noche fue una locura lo que hicisteis, creyendo que nadie lo notaría. ¡Venir solas... dos niñas... exponiéndose a la persecución de cualquier majadero mal educado!... No todos son la crema de la cortesía. No todos son como el conde de Alhedín, que sabe distinguir a escape con quién ha de habérselas.

—Tienes razón —dijo Beatriz—; fue un disparate, fue una imprudencia lo que hicimos la otra noche. No lo volveremos a hacer.

—De aquí en adelante sería imposible. Os desentonaríais. Ya a estas horas os conoce todo Madrid; esto es, la sociedad. Debéis venir, o con tu marido... o conmigo. Os traeré en mi coche si os divierten los Jardines. Mi poeta y algún otro nos escoltarán. Es menester darse tono. No es cosa de venir aquí dos muchachas como dos aventureras.

—Mucho tengo que agradecerte —exclamó doña Beatriz.

—No, niña mía, no me agradezcas nada. Lo hago por egoísmo. Aquí para entre nosotras, la vanidad no me clega; voy siendo ya cotorrona. No tengo amores, ni celos, ni aspiro a nada, y necesito la amistad y la compañía de mujeres jóvenes como vosotras. Mi casa es un casino, del cual soy presidente con faldas; pero me voy cansando de hacer este papel. ¿Quieres compartirle conmigo? ¿Quieres ayudarme a presidir mi tertulia?.

—Ignoro si Braulio querrá y podrá...

—¿Cómo no ha de querer? Parece afable, alegre, buen señor y discreto. Ya reconocerá que su mujer no ha de estar siempre metida en casa. Cuan do se casó con una criatura como tú, se haría cargo de todo esto. No le cogerá de susto.

—Sí..., es verdad —dijo doña Beatriz—; pero Braulio tiene razones poderosas. ¿Por qué he de avergonzarme de decírtelas? Somos pobres... ¿Cómo gastar en trajes?...

—¿Y para qué esos trajes? En mi casa... estamos de toda confianza... Puedes ir como estás ahora..., menos lujosa aún... y hasta puedes llevarte allí la labor... Ya verás cómo te distraes allí por las noches. Tu hermanita se distraerá también, porque van a casa pollos proporcionados a su edad e irán más cuando sepan que va ella. En cuanto a tu marido..., no es un requisito indispensable que te acompañe siempre. Esto sería ridículo por varios motivos; porque haría sospechar que era un celoso desconfiado, lo cual redundaría en menosprecio tuyo, o porque haría presumir que era un hombre incapaz, baldío, que no tenía negocios en qué emplearse; pero, en fin, aun cuando tu marido fuera a menudo a mi casa, doy por cierto que, lejos de pesarle, se alegraría. Allí van no pocos sujetos de su posición. Se daría a conocer, ganaría amigos y hablaría de política, de hacienda, de ciencias, de todo, luciendo lo mucho que dicen que sabe... y que hasta lo presente, dicho sea en paz y sin que te enojes, no le ha servido de nada. Tú lo confiesas..., no estáis muy lucidos.

—Estamos contentos... y no deseamos más.

—Esa es una virtud..., pero infecunda. Cuando no se aspira no se alcanza. Es menester aspirar a todo... Mira tú mi marido... Ya te le presentaré... No vale la vigésima parte de tu don Braulio. Y, sin embargo..., ¡cómo sabe ingeniarse!... Es un gerifalte... Yo hablo contigo con el corazón en la mano. Es menester que saquemos a tu marido del limbo en que vive. Tiene elementos... ¿Por qué no ha de aprovecharlos? Para filósofo, menospreciador del mundo y de sus pompas vanas, hubiera hecho mejor en no casarse con un pimpollo como tú.

—¿Qué quieres? ¡Me amaba tanto!

70

—¡Lástima fuera que no te amase! ¿A quién no infundirás amor? Tú, sin embargo, agradecida...

—No solo agradecida..., enamorada también...

—Conque, ¿le amabas mucho?

—Y le amo todavía.

—Su claro talento te sedujo: doble motivo para que le emplee en hacerte feliz, para que se deje de vagas meditaciones y acuda a lo que importa. No sé qué agudo escritor ha comparado al filósofo especulativo con un mulo que da vueltas a una noria, atado a ella por el diablo de la metafísica, sacando agua que no bebe, y sin comer la abundante hierba y lozana hortaliza que por todas partes le rodea. Pues peor es aún cuando el filósofo o el mulo, siguiendo la pícara comparación, tiene una compañera y la lleva de reata, y no la deja pacer tampoco.

—Mi obligación y mi gusto es seguir a mi marido por dondequiera que vaya; así me lleve a un desierto estéril como a la tierra de promisión. Por dicha, no creo que esté tan hundido en inútiles, ensueños, que desconozca la realidad de la vida.

—Mejor es así. Me alegro. Sin lisonja: me va siendo muy simpático tu marido. Tiene buena facha. Se conoce que es pájaro de cuenta. Lo único que debiera reformar es el sombrero y los picos del cuello de la camisa. Son enormes. ¿Por qué no haces que se los recorten un poco?

—Es un capricho. Insiste en llevarlos así pero no es terco en asuntos de más importancia.

—Entonces... bueno va. Con picos y todo me parece bien..., muy curiosito..., muy pulcro...Hasta la enormidad descomunal de los picos se me antoja ya que le da cierto carácter original y grave. Pero, señor, ¿dónde se habrá escondido el conde?

—¿Qué conde? —preguntó Beatriz.

—Tu más fervoroso admirador. Apenas te vio vino a decirme que habías llegado. Lo singular es el miedo que te tiene. Es absurdo en hombre tan corrido y tan atrevido. Nada..., le da vergüenza de que le presente a ti y se ha escapado. Está retardando lo que más desea... ¡Gracias a Dios! Ya viene por allí.

Beatriz dirigió la mirada hacia donde indicaba su interlocutora, y vio que se acercaba al corro el lindo y elegante conde de Alhedín.

—¿No es verdad que es muy gentil? —preguntó la condesa.

Beatriz hizo un gesto gracioso que nada significaba.

—Y luego —añadió la condesa—, ¡si vieras qué bueno es, y qué sencillo y qué caballero!

Nada dijo Beatriz tampoco para corroborar estas alabanzas.

Llegó en esto el conde, y la de San Teódulo le presentó sucesivamente a Beatriz, a su hermana y a don Braulio.

No era el conde de la reciente escuela y última cría, que hace gala de gastar pocos miramientos con las mujeres, o si lo era, sabía distinguir ocasiones y personas, y conociendo que no ganaría con abatirse intrépida y bruscamente sobre su presa, estuvo hasta cortado y tímido en los primeros instantes. Se limitó a decir algunas palabras corteses a cada una de las dos hermanas, sin acercarse demasiado a ellas, y sobre todo, sin incurrir en la insolente ordinariez, en que ahora incurren con frecuencia los hombres, de alargar la mano a las señoras apenas las conocen, obligándolas a que los desairen o a venir de buenas a primeras a términos de amistosa confianza.

Después buscó el modo más natural de entablar conversación con don Braulio, y como si fuese un señor tan formal y de peso como él, le entretuvo más de media hora sobre materias importantes. Hizo más aún. Hizo algo que parecía imposible, dado lo parlanchín que era: supo callarse, escuchar con atención y obligar a don Braulio a que hablara, de lo cual don Braulio salió encantado.

Por último, haciendo la conversación general, soltó el conde la rienda a su buen humor, ensartó mil chistosos desatinos, dentro siempre de los límites no ya solo de la decencia, sino de la más delicada urbanidad, y divirtió y regocijó a la reunión, logrando hacerse simpático a todos.

Preparados así los ánimos, cuando acababan de dar las once, la condesa propuso abandonar ya los Jardines e ir todos a su casa a tomar el té. Don Braulio, a pesar de que había reído las gracias del conde y estaba contento de que le hubiese escuchado discretear, se escamaba de tanto obsequio y sentía no poco sobresalto de ver cómo se iba metiendo en los trotes del gran mundo; pero no supo resistirse. La condesa le iba a llevar hasta la casa de ella en su coche. Después, desde la casa de la condesa a la de don Braulio había pocos pasos que andar. Allanadas así las dificultades, hubiera sido una grosería no aceptar el convite.

Don Braulio aceptó, pues, y en compañía de su mujer y de Inesita, los cuatro en el mismo landó abierto, fue aquella noche a la tertulia íntima y diaria de la condesa de San Teódulo.

X

Por lo general, no hay tertulia o reunión para divertirse donde no se baile o se juegue a los naipes. Sin tresillo para los viejos y sin polkas y valsea para los jóvenes, todos por lo común se aburren. Es de admirar, por lo tanto, una tertulia, como la de nuestra condesa, donde solo con charlar se divertía la gente. La mujer que logra tener una tertulia así puede jactarse de haber puesto una pica en Flandes. Cuantos sepan de estos negocios, mundanos tendrán que reconocer en la mujer que presida tal tertulia no comunes dotes de entendimiento.

Otras singulares virtudes resplandecían también en Rosita. Era tan buena para amiga como mala para enemiga. A su marido le quería, le cuidaba y le mimaba como la consorte más fiel y más amante. No había impedido esto que hubiese estimado después y querido de otra manera y con otros tonos y matices de cariño.

Las mujeres, por lo común, no entienden que haya más que un solo cariño, que dan por completo a alguien o que reparten de este modo o del otro. Rosita no era así. Rosita entendía y sentía varios cariños, que no se destruían entre sí y que se armonizaban lindamente. Al conde de San Teódulo, le quería de un modo, a su poeta le quería de otro, y sobre estos afectos, propios y exclusivos de la mujer, surgían otros que parecían arrancar del fondo esencial del espíritu, donde ya no hay diferencia de mujer y hombre: del principio neutro, antes de que adquiera determinación sexual. Quiero decir con esto que Rosita amaba a muchos de sus tertulianos con una amistad parecida a la que un hombre puede sentir por otro hombre, con más cierta dulzura inefable que ella, por ser mujer, y mujer bonita aún, atinaba a poner en esta amistad, completamente ajena a todo sentir amoroso. El primero de estos amigos de Rosita era el conde de Alhedín. Entre Rosita y el conde no había secretos. Todo se lo confiaban. El conde buscaba en su amiga consolación para sus disgustos y consejos para sus dificultades. Rosita admiraba el talento del condesito: le reía todos los chistes, hallaba que nadie era más discreto que él; ni su poeta ni su marido valían un pitoche al lado del conde, y por él hubiera hecho Rosita cualquier sacrificio. Nunca, sin embargo, ni el conde había pensado en enamorar a Rosita ni ésta en enamorar al conde.

Fundadas tan poéticas relaciones en la estimación mutua, para Rosita era el conde de Alhedín como un oráculo, sobre todo cuando se trataba de una ciencia que nos atreveremos a llamar Estética social; esto es, de calificar a las personas, y a las acciones y a las cosas, de elegantes, de distinguidas y de bellas. Una sentencia del conde de Alhedín sobre feo o bonito, sobre buen tono o mal tono, sobre distinción o falta de distinción, era inapelable para Rosita.

De este modo se comprenderá su entusiasmo súbito por sus antiguas amigas del lugar. El conde se las había descrito como dos portentos, y Rosita había dado por cierto que lo eran.

Deseosa entonces de lucirlas en su tertulia, alegre de ver que el entusiasmo de juez tan competente como el conde recaía en sus casi paisanas, y anhelando que el conde las conociera y tratara, buscó y halló, como hemos visto, a Beatriz y a Inés.

El conde mismo, en cuanto las vio, había ido a avisar que venían, por donde fue harto fácil a Rosita reconocerlas.

Por lo demás, ni en esto hubo plan pecaminoso, ni propósito maquiavélico, ni concierto alguno entre el conde de Alhedín y su confidente. Nada se había tramado ni contra la virtud de Beatriz, ni contra la inocencia de Inés, ni contra el honrado reposo de don Braulio.

Rosita buscó con alegría y orgullo a sus semipaisanas, fiada en los encomios del conde. Cuando las halló, o sea, porque estuviese bien predispuesta, o sea, porque ellas lo merecían todo, le parecieron mejor aún, cada una por su estilo, que lo que había dicho el conde. Y como Rosita no era envidiosa, cuando no había celos ni emulación de por medio, deseó todo bien a sus amigas, y fue sincera en cuanto con Beatriz había hablado. Le pasó por la cabeza que en su casa podría hallar Inesita un buen novio; consideró posible que en su casa saliese don Braulio de su oscuridad, y como le juzgaba pájaro de cuenta, vino a fingírsele en breve tiempo o Director general o Ministro, haciendo mil negocios útiles a la patria, y sobre todo a su marido; y no le pareció tampoco inverosímil que en su casa Beatriz y el conde de Alhedín llegasen a enamorarse perdidamente el uno del otro; pero en esto no atinaba a ver Rosita, dado que ocurriese, y que ocurriese con la debida circunspección, nada de trágico, ni siquiera de desagradable para don Braulio, quien, según ella misma había declarado, le era simpático de veras, y de quien ya formaba elevadísimo concepto.

Con tales ideas respecto a sus nuevas, o mejor dicho, renovadas amigas, la condesa de San Teódulo se deshizo en amabilidades.

Beatriz estuvo en la tertulia encantada y encantadora. Satisfecha de verse atendida y mimada por todos, desechó la cortedad y tomó la tierra, como si hiciera ya años que asistiese en aquellos salones. Todos, hasta los más difíciles, admiraron su ingenio a par de su belleza, y celebraron la natural sencillez de su trato, su no aprendida, sino ingénita elegancia, y su espontánea gracia andaluza. Aunque con la embriaguez del éxito propendía Beatriz a hablar demasiado, sabía contenerse y templarse para no pasar por desenvuelta y parlanchina. Merced a su reflexiva prudencia estuvo, pues, inmejorable.

Inesita, por su estilo, estuvo asimismo muy bien. Su serenidad olímpica, su calma divina, no la abandonó ni un instante. En medio del lujo y los esplendores de aquella casa, antes desconocidos para ella, no sintió, como su hermana, que le subía a la cabeza algo semejante a los vapores del champagne; y sin la indiferencia selvática del rústico, y sin el afectado desdén del vano y orgulloso, no se maravilló de nada, dejando ver que lo comprendía y lo estimaba todo, aunque no lo hallaba extraño a su condición. En suma: Inesita estuvo en la tertulia como pudiera haber estado una princesa real, para quien todas aquellas magnificencias eran elemento propio, o más bien, quedaban por bajo del elemento que ella respiraba y en que su alma vivía.

Esta serenidad de Inés hubiera podido pasar por orgullo si no estuviese suavizada por una mansedumbre angelical; tal vez se hubiera confundido con la necia apatía, si en la luz de sus pupilas, claras y profundas a la vez, no destellase la inteligencia. Quien fijaba su mirada en la de ella creía penetrar a través de mágicos cristales en el seno de un encantado palacio lleno de misterios, o imaginaba hundirse hacia el fondo de transparente lago, poblado de hermosas y vagas creaciones, cuyos divinos contornos no atinaba a comprender con fijeza, porque el más leve suspiro del aura rizaba las puras ondas, y éstas, sin perder ni en claridad ni en pureza, desvanecían y esfumaban toda imagen.

En cuanto a don Braulio, menester es confesar que estuvo bastante encogido y fuera de su centro en la tal tertulia.

Ya sabemos que era muy escamón, como dicen en su tierra. Así es que, si bien disimulaba con habilidad, andaba con la barba sobre el hombro y le parecían los dedos huéspedes. Era listo, pero presumía de ladino, y llegaba a ser sobrado malicioso. Formó, pues, de la tertulia un concepto muy diferente del que doña Beatriz había formado.

Aunque don Braulio había vivido casi siempre en lugares y pequeñas ciudades de provincia, y aunque en Sevilla, durante los primeros años de su matrimonio, había estado retiradísimo, sin tratar nunca con lo que llaman el gran mundo, él le concebía y le comprendía más bello de lo que ahora se le presentaba. Dudó, por consiguiente, que aquél fuese el gran mundo puro, sino un remedo falso de él, como el similor es remedo del oro. Y ya en este camino, fue más allá de lo razonable e hizo juicios aventurados, entendiéndolo todo grotescamente y trabucando las cosas.

Los condes de San Teódulo le parecieron un sí es no es condes de pega, y aunque en la tertulia había sujetos de verdadero valer y clase, el concepto un poco turbio que tenía don Braulio de los amos de la casa hubo de proyectar cierta sombra oscura sobre los que a la casa asistían. De casi nadie pensó bien. ¡Extraña condición de los seres humanos! Uno solo se ganó desde luego su confianza; uno solo le pareció elegante, distinguido, noble por completo, discretísimo, ilustre, ameno, dulce y leal: el conde de Alhedín.

Viéndole cuchichear a menudo con Rosita y estar en la casa con más desenfado que los otros, don Braulio, pasándose de listo en esta ocasión, hizo un arreglo allá en su mente, y decidió que el conde de Alhedín representaba en aquella casa el papel que en realidad representaba el poeta Arturo.

Allá en su interior don Braulio perdonó benignamente al conde este extravío, y considerando sus excelentes prendas, y sin recelo de nada por este lado, casi intimó con él.

En cambio, al poeta, que era muy entrometido, que desde luego trató con la mayor confianza a las dos hermanas, que se acercaba muchísimo para hablar con ellas, así por mala educación como por ser algo corto de vista, y que echó a Beatriz en verso y en prosa una infinidad de piropos, don Braulio le tomó tirria y le miró como a un Don Juan Tenorio menesteroso y de tercera o cuarta clase.

De todos modos, a don Braulio no le encantó la tertulia; pero don Braulio tenía una pauta para su conducta, de la que había decidido no apartarse.

Tal como está la sociedad, y fuese cual fuese el ideal que él tenía del gran mundo, lo cierto era que la casa de los condes de San Teódulo era una casa respetable, donde cualquiera otro, en su posición, se hubiera quedado contentísimo de ser admitido. Don Braulio podía pensar lo que se le antojase de Rosita y de su marido; podía denigrar, allá en el fondo de su severa conciencia, la tertulia con sus tertulianos; pero ante el mundo, dentro de las condiciones de esta vida que vivimos, no podía oponerse, sin pasar por hurón, por celoso y por tirano, a que su mujer siguiese yendo a dicha tertulia.

Don Braulio no quería, además, contener a su mujer con sermones, ni con severidad, ni con mandatos. Quería solo de ella amor por amor. Su plan estaba trazado. No podía ni debía oponerse a que Beatriz tratase a Rosita ni a que estrechase lazos de amistad con ella. Conveníale, por último, dar aviso a su mujer acerca del valor moral de Rosita, a fin de que no se engañase; pero disimular luego su disgusto si su mujer seguía tratándola. Y esto hizo don Braulio.

Habrá quien crea que don Braulio hizo mal y que era débil de carácter. Aquí no le damos como dechado de fortaleza. Le pintamos tal como es.

Diremos, no obstante, en su abono, que son muy raros los Catones. Todos se informan de la conducta de los criados que van a recibir en casa, y nadie de las de aquellas personas con quien tratan e intiman su mujer y sus hijas, siempre que dichas personas salven las apariencias y no estén mal vistas en el mundo.

En suma: ya con la tolerancia, ya con el beneplácito de don Braulio, doña Beatriz e Inesita, desde aquella noche en adelante, siguieron yendo con frecuencia a la tertulia de la condesa de San Teódulo y siendo su más preciado ornato y atractivo.

Rosita, además, las llevaba a veces en su compañía, ya al teatro, ya a los Jardines, ya al paseo, ya a comer en su casa.

Don Braulio, según sus quehaceres o su humor, iba o no iba con su mujer y su cuñada a estas diversiones y fiestas, a las que Rosita tenía buen cuidado de convidarle siempre.

XI

Pasaron meses desde la noche en que por vez primera habían aparecido en la tertulia de la condesa don Braulio, su mujer y su cuñada.

Todas las prudentes reflexiones de don Braulio a su mujer habían sido inútiles. Beatriz gustaba de brillar en sociedad, y ante esta consideración daba poca importancia a los consejos de su marido. Parecíanle tal vez exageradas cavilaciones de un hombre ya anciano. No desconocía ella que en el fondo don Braulio tenía alguna razón al sostener que la tertulia de los de San Teódulo no era el verdadero gran mundo, no era el legítimo buen tono; pero ¿podía su marido llevarla a ese gran mundo? Sin duda que no. ¿Había, pues, de desistir ella de ir a parte alguna; había de seguir encerrada entre cuatro paredes en la flor de su juventud, y condenar a Inesita al mismo suplicio porque no hallaba una sociedad perfecta, por todos estilos, donde poder presentarse?

En varias discusiones que tuvo Beatriz con su marido acerca de este negocio, siempre le hizo callar y salió victoriosa.

Sus argumentos eran, en verdad, difíciles de rebatir. Para todo tenía respuesta.

—La condesa de San Teódulo tiene mala reputación —decía don Braulio.

—Será una calumnia —contestaba Beatriz.

—¿Y si lo que se dice contra ella es fundado?

—Entonces... ¿qué se le ha de hacer? A bien que no es enfermedad contagiosa.

—Quiero conceder que no se dé el contagio cuando no hay predisposición para ello; pero al menos tú me concederás que la mala fama trasciende; que la maledicencia no solo se ceba en quien lo merece, sino en las personas que rodean a quien lo merece, aun cuando no sean cómplices suyos.

—Eso quizá será verdad; pero, a fuerza de querer probar mucho, no prueba nada. Si toda mujer virtuosa, con solo tratarse con otra que no lo es se expone a que confundan e igualen su conducta con la de su amiga, lo mejor es no tratarse con nadie, vivir como en el sepulcro. ¿Qué quieres? ¿Voy a pedir un certificado de virtud a las mujeres con quien hable? Dices tú que la de San Teódulo no es del gran mundo verdadero. ¿Habrá más virtud en las mujeres del verdadero gran mundo? ¿No se habla de ellas como se habla de mi amiga? Pues, si descendemos, si pretendes que me trate con la mujer del escribiente, del portero o del empleadillo, ¿de dónde infieres tú que he de hallar en ellas toda la severidad de Lucrecia? ¿Está acaso vinculada la virtud en la gente humilde? ¿Es la honestidad privilegio exclusivo de las hembras menesterosas? Desengáñate, Braulio; lo que tú quieres es que vivamos aquí tan aisladamente como en Sevilla, hechos unos hurones, sin tratarnos con un alma. Yo por mí me resignaría... por darte gusto, aunque bien conoces que es muy duro... Soy joven aún... Tú, ocupado en tu Secretaría y en tus estudios, apenas me acompañas. ¿He de vivir en eterno soliloquio? Y luego, la pobre Inesita..., que no tiene, como yo, un marido a quien complacer y a quien amar, ¿por qué ha de ser víctima de ese antojo tuyo?

Tales razonamientos ejercían un poder invencible en el alma de don Braulio. Nada hallaba que contestar a ellos, y se callaba.

Beatriz, al verlo callado y casi rendido, le dirigía una mirada amorosa, le sonreía dulcemente, le hacía un cariño, y don Braulio acababa de someterse. No solo no era capaz entonces de prohibirle que fuese a la tertulia de la de San Teódulo, sino que no hubiera acertado a oponerse a cualquiera locura que ocurriese a su mujer.

Allá, en lo interior de su alma, don Braulio le daba razón en todo, no ya meramente por el afecto que le profesaba, sino por la hechura de su entendimiento y por la condición y carácter de sus ideas.

«¿Qué derecho tengo yo —decía entre sí— para que esta hermosa mujer, tan discreta, tan graciosa, tan a propósito para ser el encanto y la admiración de quien la trate, se sepulte en vida en castigo de haberme amado y de haberme tomado por marido? ¿Qué derecho tengo yo para imponer, además, la misma pena a su linda hermana, más joven aún y no menos a propósito para lucir en el mundo? Hasta es ridículo mi antojo de que sea virtuosa la sociedad que frecuenten. ¿Dónde voy a hallar eso? La sociedad no es virtuosa ni viciosa. Lo son las personas que la componen. Y el vicio es más común que la virtud.»

Otras veces pensaba don Braulio:

«Si yo prohibiese a mi mujer que fuese a acompañar a la Rosita, todos los que lo supiesen o presumiesen se burlarían de mí..., y con razón. Daría yo muestras de una desconfianza que no me honraría ni honraría a la compañera de mi vida. Haría creer que la sospechaba de liviana o de fácil. Ejercería contra mi mujer un acto tiránico, que tendría, además, algo de infamatorio. Ella tendría entonces razón para dejar de amarme..., para, odiarme..., quizá para despreciarme.»

La sola suposición de que su mujer viniese a no amarle, a odiarle o a despreciarle..., agitaba los nervios del infeliz. Se sentía convulso, como si el cielo fuese a caérsele encima, y solo se serenaba, solo pasaba aquella tempestad de su alma, cuando acudían las lágrimas a sus ojos y desahogaba con ellas el sentimiento del corazón.

Beatriz e Inesita quedaron, pues, en libertad completa de ir con Rosita a todas partes, y no dejaron de aprovecharla. Don Braulio se hacía cómplice de esto, acompañándolas no pocas veces. Entonces solía sentir las más opuestas emociones. Unas eran agradables, otras muy desagradables; pero todas hábilmente disimuladas por él.

Las emociones desagradables de don Braulio nacían de la desconfianza de sí mismo, que le atormentaba. Se reconocía fatigado, melancólico, viejo, poco ameno, mal vestido, nada elegante, y a cada paso veía hombres cuyas prendas de entendimiento, cuyo valer moral, cuya alma, en suma, le parecían muy inferiores a lo que en su ser propio notaba y estimaba; pero que eran, al mismo tiempo, tan superiores a él en todo lo que más fácilmente se nota y se estima, como, por ejemplo, distinción y soltura en los modales, juventud, hermosura física, salud y brío, amenidad y alegría en el trato, ligereza y gracia en la conversación, que miraba como prodigio inexplicable que su mujer no gustase, más que de él, de cualquiera de dichos hombres.

Corroboraba en su mente tan triste persuasión el pensamiento de ciertas habilidades que él veía en otros hombres, y de las cuales se juzgaba incapaz. El vals era su desesperación. Se admiraba de un hombre que valsase bien; le parecía precioso, encantador valsando, y decía para sí: «¿Qué pensará mi mujer de mí, que no valso?» Más aún se admiraba de los jóvenes que cazan, que tiran a la pistola y al florete, que patinan, que montan bien a caballo, y que son ágiles y fuertes para todo esto. Hasta los que lidian becerros o van airosos en velocípedo le causaban envidia. Allá en su conciencia, con todo secreto, se declaraba a sí propio nuestro don Braulio que, de ser mujer, estaría él muy a punto de enamorarse de un guapo mozo que tuviese dichas habilidades. Así es que se daba el infeliz al diablo, y de fijo hubiera hecho pacto con él, entregándole su alma, si de la noche a la mañana le hubiese transformado de torpe en ágil y de enclenque en robusto, concediéndole la virtud de patinar, valsar, cabalgar, esgrimir, torear, cazar y velocipedear.

Apenas quería creer don Braulio en el espiritualismo de las mujeres cuando suelen preferir a las susodichas habilidades otras virtudes varoniles; pero aun siendo así, ¿qué pruebas había dado él de estas otras virtudes? ¿Qué batalla campal había ganado? ¿Qué poema había escrito? ¿Qué discurso había pronunciado en las Cortes? ¿Qué sumas había ganado en la Bolsa, en el juego o en los negocios? ¿Qué cuadro había pintado? ¿Qué estatua había esculpido? ¿Qué flamante sistema de filosofía había creado en su mente? ¿Qué nueva máquina o artificio había dado a la industria humana?

Don Braulio se abismaba en tales meditaciones, y salía de ellas tan mezquino y ruin a sus propios ojos, que se infundía lástima. Se sentía amilanado y postrado.

Miraba a su mujer, que en realidad era hermosa, elegante, discreta. Se le aparecía digna de un trono, digna de ir en magníficos carruajes; de pisar alcatifas de Persia, de vestir blondas y sedas riquísimas; de recibir adoraciones de sabios y de valerosos y de ricos; de premiar el mérito, la destreza, la poesía, la ciencia y la audacia con una dulce mirada de amor. Y como don Braulio no había hecho nada para obtener el premio, casi se persuadía de que le estaba usurpando, de que era un detentador miserable.

Doña Beatriz, en tanto, tenía encantados a todos los hombres de la tertulia de su amiga. Su alegría era comunicativa; su charla, deleitosa. Decía mil chistes, sutilezas y discreciones, que se aplaudían y gustaban más aún por el acento sevillano con que los decía, por la expresión de su rostro, por la viveza de sus ojos y por los frescos y colorados labios, y blancos, iguales y apretados dientes, por entre los cuales brotaba suave, argentina y simpática su fácil y espontánea palabra. Sabía ella además infundir amor y respeto. Los mismos que codiciaban su hermosura la cercaban reverentes. Hasta el poeta Arturo dejó de acercarse demasiado y se contentó con doblar los lentes para verla mejor.

De contemplar esto nacían las emociones agradables de don Braulio. Aquella mujer tan admirada y codiciada era suya. La que, tal vez, o de seguro y sin tal vez, inspiraba amor a muchos hombres de valía; la que con una mirada, con un ligero favor, los hubiera podido llenar de orgullo y de dicha, le amaba a él solo, y para él solo guardaba toda la ternura de su corazón, y todo aquel tesoro de belleza, tan deseado y encomiado.

Don Braulio, no obstante, era una de aquellas criaturas en quienes toda emoción grata dura poco, a quien acude súbito la idea triste que envenena dicha emoción.

«Mas ¿por qué —se decía— soy yo el que ella ama, el único dichoso, el dueño del tesoro, el que tiene la llave de su corazón? Por una casualidad, primero: por haberla hallado en un lugar donde nadie había que compitiese conmigo. Y después, por un contrato consagrado por la religión: por un deber moral, legal y religioso, que le impulsa a amarme de un modo exclusivo. Si éste, aquél o el otro fuese su marido, en vez de serlo yo, ¿no le querría como a mí me quiere? ¿Quién sabe? Quizá le querría más.»

Entonces recordaba don Braulio y analizaba en su mente toda caricia, toda palabra de amor, toda señal de simpatía, y pugnaba por descubrir en ello lo que solo procedía de amor, apartando lo que del deber, unido a la bondad y hasta a la compasión, acaso procedía. Casi siempre sacaba de este análisis que todo se evaporaba en bondad, en cumplimiento de una obligación, en deseo de no afligir, en agradecimiento, y que nada quedaba, para el amor en el fondo de la retorta, donde su impía crítica había puesto a alambicar las muestras todas de cariño que doña Beatriz le había dado desde que se casaron.

Fingíase, por último, a doña Beatriz casada con un hombre joven, hermoso y brillante, con un hombre a quien ella pudiese amar y amase con toda la energía del alma juvenil; y entonces imaginaba don Braulio o coloquios, éxtasis, arrobos, ternuras inefables, deleites infinitos, glorias divinas de amor, ocultas aún en el fondo del alma de doña Beatriz; todo un cielo de bienaventuranza allí sumido, y que él no había jamás hecho surgir y aparecer con sus débiles conjuros. Considerábase como dueño de un arca misteriosa, fabricada por los genios; arca de cuyo exterior y somera beldad gozaba él solo a todo su sabor y talante, mientras que ocultaba en su seno la joya más rica, la felicidad más cabal en este mundo, un trasunto del Olimpo, del Edén y de cuantos Paraísos y Campos Elíseos soñaron los poetas y los videntes antiguos; la visión beatífica, la unión esencial del alma con el objeto condigno de su anhelo insaciable; pero arca que no mostraba todo esto a quien no tocase el resorte que había de hacerlo aparecer, y que él no tenía ni fuerza, ni maña, ni merecimiento para tocar. Don Braulio se desesperaba, perdiéndose en tan crueles meditaciones, de las que no quería confiar nada a su mujer, ni tal vez hubiera acertado a confiarle algo aunque hubiera querido.

XII

Mientras que andaba don Braulio agitado, allá en el fondo de su alma, de tan varios afectos, de los cuales salía siempre por consecuencia la precisión en que se creía de dar a su mujer y a su cuñada libertad completa para ir a casa de la condesa y acompañarla a teatros y paseos, Beatriz, aprovechándose de dicha libertad, vino a ser casi tertuliana diaria de la San Teódulo, ora la siguiese solo Inesita, ora la siguiese también su marido.

Cuando iba éste, la natural simpatía le impulsaba siempre a hablar con el conde de Alhedín más que con otro alguno. El conde hablaba con formalidad, con sumo acierto y con sano juicio, de las cuestiones más graves, y hasta cuando estaba de broma todos sus chistes parecían a don Braulio no groseros y vulgares, sino delicados e ingeniosos, por donde era el primero que los reía.

El conde, hecho así muy amigo de don Braulio, hubo de acompañar algunas noches a las dos hermanas hasta la casa de ellas; y como doña Beatriz se la ofreció, él pudo visitarlas y las visitó del modo más correcto.

Nada de esto hacía recelar a don Braulio. Él no tenía celos de persona alguna determinada, y en todo caso, por la especie de admiración que profesaba al conde, tenía más confianza en él que en otro cualquiera. Imaginaba que el conde le comprendía, le respetaba y no abusaría de su amistad aunque pudiese. De esta suerte, por lo mismo que reconocía en el conde más capacidad de seducir que en todos los otros, temía menos la seducción por parte del conde.

No eran de igual parecer los de la tertulia de Rosita. Sin odio, sin deseo de dañar, por pura ligereza y alegre malicia, suponían cuanto hay que suponer, fundándose en los siguientes datos.

El conde, que debía haber ido a Biarritz, había desistido de su expedición y se había pasado en Madrid todo el verano.

Con mucha frecuencia hablaba con Beatriz en largos apartes.

Se sabía que la visitaba en su casa.

El conde estaba sin amores conocidos, la crónica escandalosa no designaba, ni en la sociedad elegante, ni entre la gente de la clase media, ni entre las bailarinas y actrices, ninguna que le tuviese cautivo en sus redes.

En sujeto de tanto valer, tan gallardo y afortunado siempre con las mujeres, era inexplicable esta soledad amorosa, si no se suponía alguna pasión oculta.

La pasión, por consiguiente, se supuso. Y una vez supuesta, se supuso también que no podía menos de ser correspondida.

La falta de pruebas que había, el enojo del conde cuando empezaron a embromarle con doña Beatriz, sus negaciones rotundas y el respeto y consideración ceremoniosa con que trataba en público a aquella mujer, todo ello sirvió solo para que se pasmasen los amigos del maravilloso disimulo, de la hidalga prudencia y del noble sigilo de aquel dichoso mortal.

Rosita, a quien el conde se lo confiaba todo, quiso no pocas veces averiguar, en secreto y para ella sola, la verdad del caso.

El conde negó a Rosita que hubiese caso alguno que redundase en daño de don Braulio, y mostró enojo de que ella creyese que le había, y le suplicó, y hasta le exigió, que disipase tan absurdos rumores.

Por desgracia, no valió esto sino para que Rosita dejase de hablar al conde de sus relaciones con doña Beatriz, y hasta para que afirmase con frecuencia en alta voz que no había tales relaciones; pero, en voz baja y al oído, Rosita solía hacer estupendos elogios de la caballerosidad de su amigo, que ni siquiera a ella le confiaba su triunfo. Este callar era heroico, este disimular demostraba a gritos la vehemencia y sublimidad de un generoso afecto.

—Llega a tal extremo el conde —decía Rosita—, que será capaz de tener un desafío con quien divulgue por ahí que Beatriz le ama.

—E pur si muove —añadía el poeta Arturo, si por acaso se hallaba allí.

El rumor, la suposición, la calumnia, si era calumnia; la hablilla, en fin, sí así queremos llamarla, se movió en efecto con rapidez portentosa.

Apenas quedó en la coronada villa hombre ni mujer, iniciados en la historia anecdótica de los salones, en aquella historia que Asmodeo y sus imitadores no pueden ni deben revelar por impreso, si bien tiene mil cronistas orales y clandestinos, que no diese ya por cierto, firme y apretado, el lazo que unía el corazón de Beatriz y el de Ricardo, que así llamaban al conde de Alhedín sus íntimos o los que por tales querían pasar para darse tono.

Don Braulio era quizá el único que ignoraba todo aquello, y la gente se pasmaba de su ignorancia.

Los sujetos más benévolos decían:

—No es extraño. El buen señor está en Babia siempre. ¡Es tan distraído! Vaya: más vale así.

Otros exclamaban:

—Bien se conoce que el hombre es un verdadero filósofo.

Otros:

—¿Quién sabe? Estos varones severos no incurren casi nunca en la torpeza de averiguar lo que no les conviene. La distracción, el andar siempre por los espacios imaginarios suele traer muchos provechos.

Otros, por último:

—Ya verán ustedes cómo el pobrecito don Braulio adelanta en su carrera y llega a ser personaje. Su mujer hará que suba.

El respeto y hasta el temor que inspiraba el conde de Alhedín, poco sufrido con nadie, pronto para el enojo, y diestro y feliz en lances y pendencias, no consentían que los hombres se insinuasen con doña Beatriz, hablándole de sus amores con el conde.

Beatriz no trataba con mujeres de la sociedad, que no hubieran respetado al conde y que se hubieran insinuado con ella.

Y Rosita quería tanto al conde, que por nada del mundo le hubiera causado el pesar de darse por entendida con Beatriz de que sospechaba o sabía lo que, a su ver, pasaba.

Doña Beatriz, por consiguiente, podía imaginar, o imaginaba sin duda, que nadie sospechaba de ella.

Los rendimientos y las deferencias de que era objeto los podía atribuir a su mérito propio, y el que los galanes no se le acercasen en son de guerra y de conquista, a que su buena reputación los tenía a raya.

Durante, pues, todo el verano y hasta el principio del mes de octubre, momento en que ocurrieron casos importantes, que pronto hemos de referir, pudo muy bien doña Beatriz, nada experimentada ni escarmentada aún de la maledicencia de los madrileños, vivir tranquila y persuadida de que nadie la acusaba de ser la enamorada del conde, y de que don Braulio no estaba en ridículo de resultas de haber sido tan bueno y tan complaciente con ella.

Al llegar a este punto siento yo cierto prurito de declamar y de moralizar, a fin de que mi historia merezca contarse entre las ejemplares. No atino, sin embargo; no me decido siquiera a señalar el blanco contra el cual he de dirigirme.

¿Declamaré contra la sociedad murmuradora? No me atrevo, sin considerarme como injusto. ¿Quién sabe aún lo que en realidad pasaba? Pero las apariencias estaban en contra de doña Beatriz.

¿Declamaré contra ésta? ¿Y si era inocente? ¿Y si las apariencias eran engañosas? ¿Y si ella, ignorante aún de la vida, no notaba que, sin querer, quizá sin merecerlo, daba pábulo a la maledicencia?

Sería, por último, harto cruel que yo me estrellase contra el bueno de don Braulio, que era tan honrado, tan noble, tan excelente, y cuya única falta, si falta había, se originaba del amor entrañable y de la indulgencia bien meditada con que miraba a su mujer.

Lo mejor, por lo tanto, es que nos abstengamos de declamar y de moralizar, aguardando a ver qué sale en claro de todo esto.

Por lo pronto, lo que podemos asegurar es que la reputación de doña Beatriz estaba perdida; gravísimo mal, aunque no del todo irremediable, dado que fuese una calumnia lo que se recelaba o afirmaba: dado que la suposición no tuviese fundamento alguno.

Verdad es que para poner remedio a aquel mal era ya menester que los pacientes lo supiesen primero, condición terrible para el enamorado don Braulio, quien, atormentado por sus vagas y melancólicas imaginaciones, no advertía nada de lo que en realidad estaba pasando en torno suyo, y cuyo corazón, que tanto se angustiaba solo con presentir la pérdida del cariño de Beatriz, parecía que no había de tener resistencia bastante para sufrir el rudo golpe de la certidumbre y la realización de su presentimiento.

XIII

Confieso, con la ingenuidad que me es característica, que he tenido tentaciones de pintar al conde de Alhedín como a un seductor perverso, endemoniado y profundo en sus ardides y planes de guerra. «De esta suerte —me decía yo cuando iban ocurriendo estas cosas y yo mismo no estaba aún en el secreto—, si doña Beatriz ha sido en efecto seducida, su caída tendrá cierta disculpa, y, si no lo ha sido, su triunfo será más glorioso y memorable.»

No hay nada, sin embargo, que me repugne más que la mentira. Ni siquiera gusto de apelar a ella para escribir un cuento. Y como el conde de Alhedín existe en realidad y yo le conozco y trato, se me hace cargo de conciencia presentarle diverso de lo que es, aunque sea envolviéndole en el velo del seudónimo.

El conde de Alhedín, dicho sea en honor de la verdad, no pasa de ser un buen muchacho, si hemos de juzgarle con el relajado criterio que en el mundo se usa.

El conde de Alhedín dista tanto de ser un Don Juan Tenorio como dista el cielo de la tierra. Jamás ha empleado engaño ni violencia contra soltera ni casada.

Doy, además, por seguro que, si hacía examen de conciencia, por muy severo y escrupuloso que fuese antes de la época de nuestra historia, no llegaría jamás a persuadirse de que él hubiese seducido a mujer alguna.

Hallando fácil y abundante cosecha de laureles entre las seductoras y ya seducidas, no tuvo el conde la mala idea de extraviar a ninguna; cándida e inocente doncella, o de turbar la santa paz de algún matrimonio modelo por lo bien avenido, ejemplar y amoroso.

Si en algunos casos reconocía el conde que la seducción había sido mutua, en los más, con notable consolación de su ánimo y con no corto menoscabo de su vanidad, el conde no veía en su propia persona sino a la que padece, esto es, a la verdaderamente seducida.

Ni una sola de sus conquistas había tenido hasta entonces asomos de carácter trágico. No se acusaba al conde de haber arrancado de frente alguna el luminoso nimbo de la santidad y de la pureza. No había mujer que hubiese descendido por él de un pedestal sagrado donde hubiera estado antes, sin que jamás la tocase el lodo de la tierra, sin que se empañase en lo más mínimo la nítida blancura de la fimbria de su veste. O bien había sido el conde uno de tantos, y no primero en una serie más o menos larga y variada, o bien, si por dicha había sido el primero, el mismo diablo había allanado antes los caminos tan suave y aviesamente, que harto se podía dar ya por perdido lo que había que perder, y al condesito solo le remordía la conciencia, como al joven filósofo de la fábula, por haber cedido con fragilidad al capcioso argumento que estos versos expresan:

> Tómelo por su vida, y considere
> Que otro lo comerá si no lo quiere.

Cuando me paro a meditar acerca de la virtud en grado heroico se me ocurre un pensamiento que me apesadumbra bastante.

Verdad que hay aún, y seguirá habiendo de seguro, guerras civiles e internacionales, revoluciones violentas, pestes, enfermedades y otra multitud de plagas con que Dios quiere y puede probar y ejercitar nuestra paciencia. Verdad que todos estamos condenados a morir, y no es chico mal la muerte, sobre todo cuando se la contempla desde la cumbre de la vida, en el pleno goce de la mocedad y del brío sano de nuestra primavera; pero en circunstancias normales, en la vida burguesa, ordenada y política que hoy se vive, es difícil, cuando no imposible, que aparezca o se dé en cualquier sujeto un caso de heroísmo, de sufrimiento extraordinario, de entereza sublime o de otra virtud magna y pasmosa, sin que aparezca o se dé, como motivo u ocasión, en otro sujeto o en varios, un caso de vicio o de maldad o de fiereza no menos fuera de todo término razonable. Para que haya un Régulo es menester que haya cartagineses; para que haya un sabio que beba tranquilo la cicuta es menester que haya jueces inicuos que por odio a sus discreciones y sabidurías le condenen a beberla, y para que haya mártires que se dejen desollar o que se dejen asar a fuego lento en unas parrillas es menester que haya tiranos tan empedernidos y atroces, que los manden desollar o asar porque no se prestan a adorar los ídolos o por otra tontería por el estilo.

Ahora bien; no sé si por fortuna o por desgracia, pero es lo cierto que malvados y pícaros en grado tan superlativo y extremoso van siendo más raros cada día, y, por consiguiente, la áspera senda de la virtud se va allanando y macadamizando, sin que aquellos que tienen virtud en dicho grado logren casi nunca ocasión propicia para lucirla, viéndose obligados a conservarla en estado latente allá en el fondo de sus corazones.

No quiero, pues, alterar la verdad de mi historia e ir contra esta ley del progreso humano, convirtiendo en un monstruo al conde de Alhedín. Atengámonos a la verdad.

El condesito, según he declarado ya, era un excelente chico, ligero, amigo de divertirse, muy tentado de la risa, pero mejor que el pan.

Su madre, la condesa viuda, le idolatraba y le había mimado siempre; pero los mimos, lejos de pervertir las buenas naturalezas, las hacen mejores y más dulces; convierten la hiel en almíbar.

Para el condesito era fácil ser bueno. Nada envidiaba. Todo le sonreía. Ya hemos dicho que poseía quince mil duros de renta, que era de buena familia y que gozaba de perfecta salud. No había ejercicio corporal en que no brillase: gran jinete, certero tirador de pistola, ágil y diestro en la esgrima y valsador airoso y gallardo. Sus chistes eran reídos, sus discreteos celebrados. Todos le creían capaz de los negocios más serios si llegaba algún día a emplear en ellos su tiempo y sus facultades.

Vivía el conde con su madre, pero en un enorme caserón, donde gozaba de completa independencia. Así es que recibía amigos y visitas de varias clases sin que su madre, ni por acaso, tuviese que tropezar con ellas ni darse por entendida de nada.

La condesa, sin embargo, no ignoraba la vida frívola y harto disipada de su hijo. La condesa ansiaba que la abandonase, que se casase ya, y que, hecho todo un padre de familia, se mezclase en la política de su país y fuese un hombre de Estado.

La condesa era una gran señora en toda la extensión de la palabra y muy al gusto antiguo. Estaba más cerca de los cincuenta que de los cuarenta años, si bien conservando no pocos restos de su en otro tiempo admirada hermosura. Se vestía con severa elegancia y notable sencillez. Era religiosa sin afectación ni fanatismo. Y no estaba muy en contra de esto que llaman el espíritu del siglo, aunque lamentaba que la aristocracia española careciese de espíritu de clase, y fuese, por lo tanto, incapaz de ser contada como un elemento político, por más que, considerados aisladamente, no valgan menos bastantes individuos de los que a ella pertenecen que muchos de aquellos que se encaraman a las más altas posiciones y mandan y gobiernan, partiendo desde los más humildes puntos de la esfera social.

Ni por esto andaba desavenida la condesa con la época en que vivimos, porque percibía claramente que la invasión y encumbramiento de plebeyos astutos venía de muy atrás y no era cosa del día. La aristocracia, creía ella, que dormitaba siglos hacía en dorada servidumbre, y que, contenta o resignada con vanas distinciones áulicas, dejaba el influjo y el mando a los Cisneros, los Pérez y los Vázquez, habiendo sido España una democracia frailuna, y ganando ahora con ser algo parecido a una mesocracia seglar.

La condesa, al menos, sin que nosotros salgamos responsables de sus juicios, se explicaba así, de un modo sintético, la historia de su patria. Resultaba de aquí que, de puro aristocrática y por odio a la democracia antigua, casi era la condesa liberal y progresista. Prefería al dominio de un valido prepotente, a quien el Monarca sacaba de la nada, el mando de esto que llaman clases conservadoras, en las cuales entraba por algo la suya, aunque mezclada con el instable remedo de la aristocracia de buena ley y con el furioso aluvión de injustificadas e improvisadas notabilidades.

En suma, y sea de ello lo que se quiera, la condesa deseaba que su hijo no consumiese la mocedad toda en galanteos y diversiones, sino que se hiciese hombre formal y de pro, y añadiese a la nobleza heredada nuevo lustre y blasones con la adquirida por su talento y demás prendas personales.

Ya sabemos que el conde había pasado el verano sin salir de Madrid. La condesa no había salido tampoco.

Estamos en el mes de octubre.

Casi todas las damas elegantes que habían ido a Biarritz, a Spa y a otros puntos, y que habían hecho una visita a París, estaban ya de vuelta de la expedición veraniega. Venían, como era natural, cargadas de galas y primores de Worth, de la Ferrière, de Alexandre y de otros artistas; galas que se disponían a lucir durante el invierno.

Entre estas damas expedicionarias y ya reinstaladas cerca de sus lares se contaba la linda Adela, prima del condesito. Era la bondad personificada, sin frisar en tonta, y era, además, heredera única, con esperanzas de ser más rica que su primo cuando heredase. La condesa viuda quería casar con ella a su hijo.

Ya varias veces había procurado inducirle a que la pretendiera. Siempre había sido en balde.

Ahora, a los tres o cuatro días de haber llegado Adela, la condesa llamó una mañana a su hijo a su cuarto, entre once y media y una, antes del almuerzo, y tuvo con él la siguiente importantísima conferencia.

XIV

Después de los cariñosos saludos de costumbre y de un breve preámbulo sobre asuntos insignificantes, sentados madre e hijo en cómodos sillones y enfrente ella de él, la condesa entró en materia de este modo:

—Bien conoces tú, Ricardo mío, que yo me he pasado contigo de indulgente. Así he perdido toda fuerza moral, y apenas si me siento con autoridad y valor para darte un consejo.

—La bondad de usted para conmigo no puede ni debe disminuir el respeto y la veneración con que yo miro a usted, madre mía —respondió Ricardo—. No ya para aconsejarme, para mandarme tiene usted autoridad, y debe tener valor. Yo obedeceré a usted si está en mi mano obedecerla.

—No pretendo que me obedezcas, sino que me escuches y que te dejes persuadir por mis razones. Es una lástima que pierdas tu tiempo como cualquier mozalbete casquivano, sin dedicarte a nada serio. Hasta cierta edad es perdonable me modo de vivir; pero ya eres mayor y debieras a tu patria y mostrar que vales... ¿Por qué no te haces elegir diputado? ¿Por qué no te interrogas sobre tus propias opiniones, te forjas tu credo político, te trazas tu línea de conducta, y entras en la vida pública? ¿Vas a llegar a viejo, en cínica e infame soltería, como dijo, quizá harto duramente, el austero y satírico poeta, sin hacer más que cortejar a mujeres livianas? ¿Por qué no te casas con una mujer honrada, de tu clase, y te formas una familia?

A esta lluvia de preguntas contestó con mucho reposo el condesito:

—Todas las excitaciones de usted, querida madre, son tan buenas, que yo las seguiría sin vacilar si de mí dependiera seguirlas. Por desgracia, no depende esto de mí. Para ser diputado, importa proponerse algo con serlo, y yo nada me propongo. Usted misma lo declara: importa tener un credo político y trazarse una línea de conducta. Pero en balde me interrogo: yo no sé lo que quiero ni lo que creo. Casi todos los partidos me parecen bien y me parecen mal. No sé a cuál afiliarme. ¿He de inventar yo un partido nuevo, cuando ya hay tantos? Además, que no es tan fácil inventar ese partido. Para su credo, apenas se me ocurre otro artículo de fe que aquella sentencia constitucional del año de 1812: que todos los españoles sean justos y benéficos. Lo demás me es indiferente. Yo amo la libertad como un medio, y el progreso como un fin; pero los amo de una manera vaga y encumbrada y comprensiva, que se presta en la práctica a mil interpretaciones. Así es que por un lado me amoldaría a casi todos los partidos medios, aceptando sus principios, y por otro lado sería rebelde o indisciplinado en todos los partidos, porque sus prohombres no me satisfacen. En resolución: yo noto que me falta vocación para la política. Soy más a propósito para la contemplación que para la acción. Créame usted, yo lo haría detestablemente; me deslucíría si me metiese a repúblico. ¿Por qué hemos de ser todos actores en tan pesado drama, que dura siempre sin que se llegue jamás al desenlace? ¿No basta que esté uno condenado a ser espectador? Mire usted, madre, yo me canso de asistir a ese drama, que no termina nunca, que siempre es lo mismo, donde hay enredos sobre enredos, cambios de decoraciones, y entrada y salida de personas, que casi todas lo hacen mal, y en cuyo argumento no hay principio ni fin, ni término ni pensamiento. Imagine usted, pues, si me canso de ser mero espectador, y mero espectador poco atento y distraído, cuánto me cansaría si reclamase también un papel y tratase de representarle. Desengáñese usted: la política es un oficio fastidioso, que solo deben ejercer los que no tienen dinero ni posición, y necesitan adquirirlos ejerciéndole; pero yo, que tengo mi caudal, puedo y debo ser más útil a mi patria y a mí mismo cuidando ese caudal, mejorándole y aumentando así la riqueza pública, que no añadiendo un individuo más al número ya desmedido de los que se disputan las carteras, las plenipotencias y las direcciones generales. Soy tan escéptico, que no atino a creer en las creencias de los otros. Se me figura que los más consecuentes suelen ser los menos sinceros; que son consecuentes a fuerza de ser testarudos. Adoptan una opinión, como pudieran haber adoptado otra, sin fe ni caridad; y ya la siguen siempre, para que se diga que hacen bien su papel, y porque al fin es más fácil representar un papel que diga siempre lo mismo, sean las que sean las circunstancias, que no otro papel donde se digan muchas y diversas cosas, según importe quizá en cada momento no solo al bien particular o singular, sino al bien público. Con esta reflexión me siento inclinado a perdonar las apostasías; pero, como mi espíritu es una perpetua contradicción, reflexiono enseguida otra cosa y condeno duramente a los apóstatas y volubles. Los sospecho de interesados y de tunantes. Recelo que no cambian de buena fe, sino porque quieren estar encima y hacer su agosto. En fin, ¿para qué hablar más? Soy incapaz para la política. Más fácil me sería echarme a filósofo, a naturalista o a poeta. ¿No es mejor, sin embargo, que cuide de mi hacienda en santa paz, y procure ser un buen ciudadano, un miembro útil y activo del cuerpo social, y un caballero agradable y entretenido? Ahora, que apenas hay majadero o galopín que no se meta a sabio o a gobernador del pueblo o a personaje importante; ahora, que todos los hombres se pasan la vida echando discursos en las sociedades científicas, en los clubes, en las asambleas y en otros focos de luz, ¿no es conveniente que haya algunos que se vayan a los salones para que las pobres mujeres no se queden solas, sin nadie que les hable y las entretenga un poco? Ya ve usted si tengo razón en seguir apartado de la política. En cuanto al otro consejo capital de usted, nada tengo que objetar. En efecto, debo casarme; pero yo no quiero casarme por casarme. Para contraer esa temerosa unión, que solo la muerte rompe, quiero hallar mujer en quien confíe y a quien ame, y cuyo espíritu se abra al mío y me muestre que puede estar en duradera, firme, santa e íntima comunión con él. Deje usted que halle esa mujer y al punto me verá casado.

—Perdona que te diga, Ricardo —replicó la condesa—, que todo cuanto estás diciendo es un cúmulo de sofisterías y de extravagancias. Si doy por cierto, y no lo doy por cierto, que la política es solo un medio de medrar en la mayoría de cuantos a ella se dedican, culparé más aún a los egoístas que no quieren intervenir en la política porque ya están medrados. Todavía se debe presumir que el que busca materialmente su medro personal busca también el aplauso, la gloria, y se siente movido por el deseo de hacer el bien de todos, que al cabo no es incompatible con el bien singular suyo; pero del perezoso, del frío de corazón, del descreído, que por no molestarse y porque no necesita medro, porque ya le tiene, no interviene en nada, y no sabe más que censurarlo todo, y señala mil males y no pone remedio a uno solo, de éste, digo, no hay alma, por generosa y benévola que sea, que se preste a suponer nada bueno. Este último es peor y más ruin que el más interesado buscavidas de los políticos activos. Buscándosela, trabaja al fin, y sirve de algo, y tal vez hace el bien general, o procura hacerlo, a costa de fatigas y peligros, cuando procura asimismo, como es lícito y natural, su propio encumbramiento y provecho. ¿Qué héroe antiguo, qué guerrero, qué gran político de los que ensalza la historia ha sido tan absurdamente desinteresado como sería menester serlo para estar libre de tus invectivas? Esto en cuanto a la política. En cuanto a tu casamiento, no debo negarte que tienes razón en desear para mujer propia una que tenga las prendas de que me hablas; pero ¿por qué no la buscas? ¿Ha de pasar ella casualmente delante de tus ojos? ¿Ha de abrir su espíritu al tuyo y ha de mostrarte que merece entrar en íntima comunión con él, sin que te tomes siquiera el trabajo de llamar a la puerta? ¿Vas a buscar acaso ese tesoro que necesitas entre las aventureras, entre las damas galantes, entre las mal casadas a quien enamoras?

—Madre, yo no enamoro ni pretendo ahora a ninguna aventurera, a ninguna dama galante, a ninguna mal casada. Si tiene usted noticias tales, está usted mal informada.

—Pues entonces, ¿por qué no te dedicas a tu prima Adela? Se diría que el cielo la destina para ti. ¡Es tan buena, es tan discreta en medio de su inocencia! Y hablando en confianza..., la creo muy propensa a prendarse de ti. Estoy segura de que te adoraría.

—El amor de madre acaso ciegue a usted; pero, aunque ella propendiese a amarme, ¿cómo he de mandar yo a mi corazón que la ame? No la amo, y sin amor no me casaré con mujer alguna.

—Tú amas, lo sé, a la que no puede ser tu mujer, porque lo es de otro —dijo al fin la condesa, no pudiendo sufrir más las rebeldías de su hijo.

—Ya he dicho a usted que no amo ahora a ninguna mujer casada.

—Me han dicho que estás en relaciones con la mujer de un empleadillo en Hacienda, con una aventurera que va a casa de la condesa de San Teódulo.

—Madre, los que tal han dicho mienten. Ni yo estoy en relaciones con esa mujer, ni esa mujer es una aventurera. Caro le costaría a cualquier hombre que se atreviese a calificarla de tal en mi presencia.

—Tú mismo te delatas. Esa vehemencia con que la defiendes me prueba más aún que la amas. Tal vez esa mujer te ha hechizado. La cosa es peor de lo que yo presumía. No es un capricho, es una verdadera pasión.

—Si la estimación y la amistad son pasiones, estoy apasionado de ella, lo confieso. Por lo mismo, madre mía, suplico a usted que desmienta mis relaciones amorosas con esa mujer, y que no contribuya a difamarla y hacer acaso la infelicidad de su marido, que es un hombre excelente. Si el infeliz llegase a saber lo que, tan a pesar mío y tan sin fundamento, dice de nosotros la maledicencia, se moriría de dolor. ¡No lo permita nunca el cielo!

La condesa no se atrevió a continuar la conversación, al ver lo exaltado que su hijo se ponía, y la vehemencia con que hablaba en pro de doña Beatriz.

Allá, en el fondo de su alma, la condesa se afligió mucho, imaginando que su hijo no tenía unas relaciones vulgares, un pasatiempo inmoral, pero sin consecuencias, sino una pasión vivísima. Pensó, además, que la ocasión era menos favorable que nunca para inducir a su hijo a que se dedicase a la política y a su prima Adela, y, muy contrariada, dio otro giro a la conversación, esperando mejores días.

XV

La conversación que tuvo con su madre puso al conde de Alhedín de muy mal humor contra los deslenguados, chismosos e insolentes que iban propalando por todas partes sus amores con doña Beatriz; pero no por eso procuró en lo sucesivo ser más cauto y mirado a fin de no dar ocasión y fundamentos a aquellas habladurías.

El condesito había adquirido tal costumbre de ir todas las noches a la tertulia de los de San Teódulo, que a cualquiera cosa faltaría antes de dejar de ir. La misma costumbre había adquirido doña Beatriz. De esta suerte se veían de diario y en presencia de muchos hombres maliciosos, amigos de burlas y muy propensos a explicarlo todo por el lado más feo.

Sostenía el condesito que doña Beatriz era la discreción personificada, que su conversación tenía un atractivo irresistible, y que su honra y su castidad estaban por encima de toda sospecha. Así era que él no se tomaba trabajo alguno para disimular, y hablaba con doña Beatriz aparte, y horas enteras, en casa de Rosita.

El conde, y la misma doña Beatriz, en quien al cabo era esto más disculpable por su falta de mundo, se habían empeñado sin duda en que las gentes los tuviesen por superiores a toda crítica; en que juzgasen sus coloquios santos, puros y sublimes, como los que tuvo allá en la antigüedad Numa con la ninfa Egeria, o como aquellos que en la cumbre del Purgatorio, y después entre los esplendores del Paraíso, tuvo Dante con la tocaya de nuestra heroína.

Las gentes, sin embargo, no estaban de este parecer. Apenas si, por lo común, son capaces de alcanzar tales sublimidades y de prestar crédito a lo que llaman sutilezas o tiquismiquis amorosos. Creen siempre en algo menos etéreo, sobresustancial y trascendente. La amistad de los espíritus, el platonismo, la adoración desinteresada a una mujer, aunque se mire como grosero el símil, les parece a manera de salsa picante; pero entienden que no es plato de gusto aquel donde no hay más que la salsa. El misticismo es un condimento sin el cual el amor sería desabrido para los paladares delicados; mas nunca pasa, para las gentes vulgares, de ser un condimento; es como la sal, la mostaza, la pimienta y otras exóticas especierías.

Lastimoso, abominable es que las gentes piensen así; pero ello es que así piensan. Lo que es en la tertulia de Rosita, todos eran bastante cultos y hasta refinados para no desdeñar la parte mística del amor, y ninguno era bastante metafísico, para conceder a esta parte mística un carácter sustantivo, como dicen ahora los filósofos. Del misticismo, por mucho que le pusiese en prensa allá en la mente, no sacaba ningún tertuliano el amor, sino un adjetivo, un epíteto, un atributo del amor. Amor con misticismo era para el más espiritualista de los tertulianos como miel sobre hojuelas; pero con una diferencia, a saber: que si en las hojuelas con miel quitamos, las hojuelas, la miel subsiste, mientras que en el amor con Misticismo, si se quita el amor... la del humo.

Con este modo de mirar las cosas no es extraño que todos tuviesen por pretensión exorbitante y por capricho absurdo el afán del condesito, en querer pasar por un amigo devoto o por un adorador petrarquista de doña Beatriz.

Alguna disculpa había, fuerza es confesarlo, para tan bellaca incredulidad. Los antecedentes del conde y su carácter y posición militaban en contra de lo que deseaba; no se avenían con el papel que anhelaba representar.

El conde de Alhedín tenía fama de conquistador punto menos que irresistible. Y por otra parte, nadie dejaba de notar que los adoradores perpetuos, los amantes de eterno suspiro han sido siempre de abajo arriba, y no al revés. Jamás el rey se enamoró platónicamente de la pastora, ni el rico de la pobre, ni el duque de la costurera. Lo general es que en este linaje de amores vea siempre el amante a su amada como en andas, como sobre un altar, o allá en el cielo, muerta ya, como Dante la veía. De esta suerte han suspirado los trovadores de humilde cuna y de bolsa vacía por la gran señora feudal que los recibió benigna en su castillo; los cortesanos, por alguna linda reina de las que ha habido virtuosas y ariscas, aunque aficionadas a que suspiren por ellas, y muchos Gerineldos de mayor o menor jerarquía, por la hermosa dama a quien sirvieron. Todos estos casos de amor platónico son verosímiles. Lo es también el de algún colegial o novicio que viene de provincias a la capital, y cae bajo el poder de cualquiera lionne experimentada, curtida, deseosa de adoración, y que se aparece como divinidad a los ojos del inexperto y tímido mancebo.

Lo que no era verosímil, lo que no cabía en la cabeza de nadie era que el dichoso, que el hastiado, que el rico y noble conde de Alhedín, delicia de la corte, suspirase no por emperatriz, reina o gran duquesa siquiera, sino por una muchacha oscura, pedestre, venida de un lugar y casada con un casi escribiente feo y viejo.

El conde, sin embargo, se empeñaba en que esto se había de creer, o más bien algo más extraordinario aún. Ni el suspiro en balde quería él que se creyese. El conde no suspiraba, porque no se suspira por lo inasequible; no anhelaba, porque no se anhela lo que no se puede alcanzar, y no deseaba, porque el deseo presupone esperanza, por remota y leve que sea. El suspiro, además, el anhelo y el deseo, aunque nunca se logren, implican algo de ofensivo para la mujer deseada: son la infracción de un mandamiento cuando esa mujer es de otro. Y con doña Beatriz tal era el respeto y consideración que quería se le tuviese el conde se enojaba de que alguien pudiera imaginar que él se atrevía a desearla.

El conde quería, pues, aparecer como amigo finísimo, como admirador constante y como el que se deleita en hablar, en ver, en comunicar pensamientos, sin el menor interés ni propósito que no sea limpio como el cristal y el oro. Para esto no había necesidad de disimular que hablaba largos ratos al oído con doña Beatriz. No era el secreto a fin de ocultar lo pecaminoso, sino a fin de no contaminar lo santo. No era el misterio en que se envuelve el delincuente con respecto a las personas honradas, sino el misterio del iniciado con relación al profano vulgo.

Por desgracia, el profano vulgo no se conformaba con creer en la santidad del misterio, y se le explicaba de un modo harto poco edificante.

Casi todas las noches doña Beatriz y el condesito tenían un dúo larguísimo, inaudito para todos, salvo para ellos.

Delante de don Braulio tenía lugar el dúo misterioso lo mismo que cuando don Braulio estaba ausente. Ni ellos se recataban, ni don Braulio se inquietaba. Se diría que los tres vivían convencidos por igual de la inmaculada inocencia de todo aquello, si bien se diría asimismo que la convicción se había consumido por completo en ellos tres, no quedando nada para el resto del mundo.

Todos los tertulianos murmuraban por lo bajo de la impostura y de la desvergüenza, que por tal la tomaban, del conde, de doña Beatriz y hasta del excelente don Braulio, en quien, merced a la fama que iba adquiriendo de pasarse de listo, no había persona que supusiese candidez e ignorancia, sino notorio y ruin disimulo.

Quien más extremaba y propagaba esta mala opinión era Arturo, el poeta. En sus versos era casi siempre religioso y moral; ya ascético, ya místico, sin mezcla de molinosismos; pero en prosa, como si ya en los versos hubiese gastado toda la poesía de su alma, era de lo más prosaico y realista que puede imaginarse. De esta disonancia entre su palabra rítmica y su palabra desatada del ritmo resultaba una extraña contradicción. El metro y los consonantes parecían el imperativo categórico de su conciencia. Recitaba sus poesías, y los oyentes se inclinaban a considerarle como a un santo padre, doctor iluminado y bendito siervo de Dios. Hablaba sin número y sin rima, y daba miedo oírle; era un desenfrenado galopín, sin creencias y sin respeto a cosa alguna.

La noche que siguió a la mañana en que tuvo lugar la conferencia entre el conde y su madre, el conde, por lo mismo que estaba de mal humor, se mezcló poquísimo en la conversación general de la tertulia de Rosita. Habló cuatro palabras con ella; habló un momento con Inesita, que también estaba allí; saludó a los tertulianos, y se fue a hacer su aparte con doña Beatriz, el cual fue más prolongado y en apariencia más íntimo que nunca.

Aquella noche vino don Braulio y vio el aparte con la serenidad de costumbre.

La tertulia duraba de ordinario hasta cerca de las dos; pero don Braulio y sus damas solían irse antes de la una. Así lo hicieron aquella noche.

El conde de Alhedín, aunque no tenía gana de más tertulia, no se atrevió a irse cuando se fue doña Beatriz, ni inmediatamente después. Se quedó, entrando en el corro general de los que estaban allí hasta última hora.

No hablaba el conde, sin embargo, porque estaba ensimismado e imaginativo.

El poeta, por lo regular era quien hacía el mayor gasto de palabras cuando no hablaba el conde. Aquella noche el poeta estaba en vena. Charlaba mucho, decía mil jocosidades, se las reían, y él era de los que se embriagaban con hablar y con ser aplaudidos, más que bebiendo vinos y licores. Arturo, quizá sin haber llevado una copa a sus labios, estaba borracho.

Viendo, pues, al conde silencioso, empezó a estimularle para que hablara, lanzando algunas mal encubiertas pullas sobre las pasiones meramente espirituales; sobre lo felices y tranquilos que deben de vivir los maridos cuyas mujeres tales pasiones inspiran, y sobre los coloquios semidivinos que deben de tener los que así aman.

—Dios —decía el poeta— les desanuda la lengua y les infunde por fuerza un idioma más rico y perfecto que todos los conocidos entre los míseros mortales. Los primores que tienen ellos que decirse no hallan adecuada expresión en esta jerga en que nosotros nos entendemos. ¿Cómo es posible que con el habla misma con que pedimos nosotros de comer, de beber y otros menesteres mecánicos, se pida lo que tales amantes pedirán y obtendrán? Hasta la idea de lo que piden y obtienen apenas se percibe por los profanos sino de un modo confuso, allá en lo más recóndito y tenebroso del alma, allá en los abismos insondables del sentir con el sentido del espíritu, abstrayéndose de los otros sentidos.

Siempre que Arturo hacía algunas frases pomposas e irónicamente elevadas por el estilo las terminaba exclamando:

—¿Qué tal? ¿Me explico? ¿Entiendo o no entiendo la metafísica de amor?

El conde reprimía su disgusto: no se daba por aludido cuando podía, y si decía alguna palabra era con gravedad, sin seguir la broma.

—Hay multitud de amores —continuaba el poeta—, hijos todos de las ninfas: Amores terrenales que son los que nosotros por lo común conocemos; pero hay, además, un solo y único Amor, hijo de Venus Urania, el cual, según refiere el fabulista Esopo, y después han repetido muchos otros poetas y fabulistas, vive casi siempre en el cielo. Los dioses inmortales no pueden vivir sin él. La presencia de este Amor constituye la bienaventuranza de los dioses. Sin embargo, este amor es tan bueno y tan piadoso, que, lastimado de la miseria y bajeza de los hombres, pide de vez en cuando licencia a Júpiter para descender a la tierra y traernos consolación y cierto reflejo de la luz de la gloria. Con dificultad concede Júpiter esta licencia: a él y a los demás inmortales les es en extremo penosa la ausencia de Amor; pero cuando concede la licencia, que es de siglo en siglo a lo más, y por breve plazo, Amor desciende entre nosotros, y dejando siempre que sus hermanitos menores le remeden, hiriendo a las almas vulgares, emplea sus flechas de oro en atravesar pocas almas encumbradas y divinas. De estas almas, así heridas, brota entonces un raudal de ideas puras, de sentimientos sobrehumanos y de conceptos cercanos de la perfección, que vienen a ser como faros luminosos colocados de trecho en trecho en la historia, en el oscuro y áspero camino que sigue la humanidad errante. ¡Gran noticia, señores, gran noticia! La Correspondencia no la ha publicado aún, pero ténganla ustedes por cierta. Este Amor celeste ha venido recientemente entre nosotros. Por más que se oculte por modestia, hemos llegado a verle. Está lleno de gracia y de verdad. Su gloria nos deslumbra, mas no nos ciega.

Tampoco a esta parodia de la más bella fábula de Esopo ponía el conde el menor comentario.

El poeta prosiguió más excitado:

—El Amor del cielo va hiriendo, como he dicho, algunas almas di primo cartello; pero al cabo, mientras que vive por acá, en la tierra, no anda siempre errante y sin hogar. Elige el alma más noble, más pura y más bella, y allí hace su morada. Esta alma suele ser la de una mujer, con frecuencia, casada. Imagínense ustedes, ¡qué honra, qué distinción para el marido! En el caso presente, en la venida de Amor, en nuestra descreída y viciosa edad de hierro, la mansión de Amor, su cuartel general. Como si dijéramos, es el alma de una mujer casada. ¿Estará hueco y ufano su marido?

Ya aquí el conde no pudo contener y disimular su enojo. Reprimió, no obstante, la lengua, porque en plena tertulia le parecía ridículo y de mal gusto desatarse en injurias contra el procaz Arturo. Sus ojos solo denotaban su furor. Miraba al poeta como si quisiera devorarle con el fuego de su mirada.

Rosita, por ligereza de carácter, por irreflexión, se había dejado llevar de la charla del poeta y le había reído los chistes. Arturo había estado muy cómico, dando un énfasis chusco a sus expresiones y acompañándolas con el debido manoteo.

Pero Rosita volvió en sí, advirtió cuán airado estaba el conde y, aunque tarde, impuso silencio al poeta.

Cuando los hombres salieron juntos de la tertulia y se dieron en la calle, ya el conde no acertó a refrenar su enojo. Olvidó todo respeto, echó a rodar toda la prudencia, no previó consecuencia alguna, y, llegándose a Arturo, le dijo, si en voz baja, no tanto que alguno de los otros tertulianos no le pudiese oír:

—Sábelo para tu gobierno. Ni con fábulas de Esopo, ni con citas de Platón, ni de manera alguna, por indirecta que sea, consentiré en adelante que, estando yo presente, y aun cuando no esté yo presente, pongas en solfa mi amistad con doña Beatriz. Si llego a saber que hablas otra vez de ella, que aludes a ella, que te burlas de su marido, lo sentiré mucho, pero te romperé la crisma.

Pronunció el conde estas frases con tanta seriedad y energía, que Arturo no pudo escurrirse tomándolas a risa. Era necesario contestar por lo serio. Y para contestar por lo serio, siendo hombre que, se respetaba, no le quedó más recurso que contestar como contestó:

—También yo lo sentiré muchísimo —dijo—; pero como me conozco, y sé que he de seguir poniendo en solfa tu amistad con doña Beatriz y he de seguir burlándome de la credulidad o socarronería de don Braulio cada vez que se me antoje, es excusada esa tregua o espera que me concedes. Rompámonos la crisma en el acto, ya que así lo deseas.

Pocas más palabras mediaron entre ambos. De los mismos tertulianos allí presentes eligieron uno y otro los padrinos, quienes arreglaron un duelo a sable para el día siguiente por la mañana.

Los padrinos, como personas de juicio, hicieron esfuerzos extraordinarios para cortar el lance amistosamente, convirtiendo en súplica cortés la amenaza del conde, y en promesa generosa y no arrancada por conminación la del poeta, de no hablar mal del Amor del cielo; pero conde y poeta estaban tan acalorados, que ni el primero se allanaba a hacer el papel de suplicante, ni el segundo, aunque se lo suplicasen de rodillas, decía que se sentía capaz de callarse y de no ser maldiciente y burlón, siempre y cuando estuviese de humor para ello, que era a menudo. No hubo, por consiguiente, más remedio que reñir.

Ya sobre el terreno, percibió el conde toda la serie de imprudencias que había cometido para llegar a aquel término, en el cual no podía retroceder, y del cual todo éxito era malo. Malo y deslucido si por acaso Arturo, que en la vida había tomado un sable en la mano, le hería o le descalabraba; malo y cruel si él, que iba todos los días a la sala de armas, acuchillaba a su sabor al pobre poeta, y malo y remalo, ora saliese vencedor, ora vencido, porque de todos modos el lance iba a ser contraproducente. El lance era para que no se murmurase de doña Beatriz, y con el lance iba el conde a lograr que resonase el nombre de ella en las diez mil trompetas de la Fama.

Mas, sobre todo esto hubiera importado pensar a tiempo y no entonces. Entonces no quedaba otro arbitrio que darse de sablazos.

Los sablazos se dieron, y, como era de prever, los recibió Arturo. Por dicha, ninguna herida fue de cuidado. Un mes de cama bastó al poeta para curarse.

También se cumplió, como no podía menos, la otra previsión. No quedó en Madrid perro ni gato que no hablase del frenético amor del conde por la mujer de un empleadillo en Hacienda; de su loca pretensión de hacerla respetar como criatura angélica, semidivina, y fuera del orden y condición que naturalmente se usan; y de su afecto singular hacia el esposo sufrido, de cuyo sufrimiento tenía el conde el imposible empeño de que nadie se percatase ni se riese.

Como el conde no había de desafiar y matar a todo Madrid, particularmente a las mujeres, la historia de sus amores con doña Beatriz, imaginada o real, pero bordada y comentada por todos estilos, circuló por tertulias, cafés, casinos y teatros.

La reputación de doña Beatriz quedó así más lastimada que el cuerpo de Arturo, de resulta del lance que tuvo con él el caballeroso conde de Alhedín, inhábil, por la persuasión y por la violencia, para convencer a nadie de su platonismo.

XVI

Entre las muchísimas faltas que me ponen los críticos, nada me aflige tanto como que me acusen de pintar siempre mujeres algo levantiscas y desaforadas. «¿Con quién se trata el autor? —dicen—. ¿No ha conocido sino mujeres livianas? ¿Por qué no nos presenta en sus historias a las honradas y puras, a las que cumplen siempre con su deber, a las que pueden y deben servir de modelo?» «Este autor —añaden— odia a las mujeres o tiene malísima opinión de ellas.»

En contra de tan injusta acusación me toca decir que ni Clara, ni Lucía, en El Comendador Mendoza, ni menos aún Irene, en El Doctor Faustino, carecen de todas aquellas prendas y requisitos que pueden y deben hacer de la mujer una criatura angelical. No negaré, en cambio, que doña Blanca había pecado, y que la ferocidad de su penitencia era peor que el pecado mismo; que Pepita Jiménez fue demasiado coqueta y más apasionada de lo razonable, y que una vez enamorada no sabía contenerse, y se disparaba como una pistola al pelo; que María, la inmortal amiga, se abandonó a su pasión como si no hubiese tenido libre albedrío, como si hubiese sido impulsada por una fuerza irresistible; que Constancita era interesada, calculadora y caprichosa, y que Rosita no reconocía más ley divina o humana que la de su antojo; pero en todas estas mujeres —nadie sostendrá lo contrario— se advierten, en medio de sus mayores extravíos, tal anhelo de infinito amor, tan dulce ternura y tan fervoroso ahínco de hacer el papel de salvadoras y redentoras, de proporcionar la bienaventuranza o un asomo de bienaventuranza para el hombre querido, aun a costa de la propia condenación, que las perdonamos sin esfuerzo y nos parecen simpáticas.

Por otra parte, lo tengo que repetir aquí, aunque peque de cansado: de una virtud completa no se puede sacar acción que interese y que tenga algo dramático, a no imaginar monstruos horrendos, perseguidores de dicha virtud.

Como también me acusan, y sin duda con más motivo, de pobreza de imaginación, no debe de extrañarse que yo no haya tenido hasta ahora el suficiente brío para inventar esos monstruos.

Importa, por último, tener en cuenta que, en estas historias profanas que llaman novelas, no conviene que sean los personajes como alegorías de virtudes o de vicios, sino que se tomen de la vida real, donde, por lo común, se advierte en ellos cierta mezcla de buenas y de malas cualidades, de vicios y de virtudes, de arranques sublimes y de flaquezas lastimosas, que es lo que constituye la verdad de los caracteres y lo que da a los personajes fingidos, si el estilo del autor es poderoso para tanto, más viva y persistente realidad que a los personajes históricos.

En una narración poética, que tal es cualquiera novela, aunque en prosa esté escrita, una mujer inmaculada, una santa, un ángel, no puede mezclarse en la acción sino a costa de los otros personajes; lo mejor es que aparezca, sin llegar con el extremo de su vestidura al lodo de la tierra, y acabe por esfumarse en el éter o por subir al empíreo. Sus pies apenas si deben tocar al suelo.

En suma: sea como sea de todo lo dicho, pues no aspiro a dar reglas estéticas para escribir novelas, es lo cierto que yo, no porque opine mal de las mujeres, sino por falta de imaginación y por el infortunio de no haber hallado con frecuencia a santas —ni a santos tampoco— en este mundo sublunar, me he de permitir introducir en esta historia, verdadera y sencilla, un nuevo personaje, mujer también, que dista más que ninguna otra de mis heroínas de ser un dechado de perfección; pero que interviene poderosamente en los sucesos que debo referir.

Esta mujer es una Marquesa. Su título no es menester decirle. La llamaremos por su nombre de bautismo, como si tuviésemos con ella la mayor intimidad. La llamaremos Elisa.

Hacía cerca de tres años que se había quedado viuda. No llegaba aún a los treinta de edad. No tenía hijos. Era riquísima y muy elegante. Ni sus más acérrimas enemigas negaban que era discreta, ingeniosa, divertida y alegre. Ni sus más decididos adoradores se atrevían a llamarla hermosa, ni sus detractores se propasaban jamás a calificarla de fea. Todos, por unanimidad, la declaraban distinguida en grado eminente. Pero ¿en qué y por qué se distinguía? No era ni muy alta ni muy baja, ni muy blanca ni muy morena, ni pelinegra ni rubia. En ninguna de sus facciones había nada de extraordinario ni de marcado. Su nariz no era larga ni chata, ni muy regular ni muy irregular; su boca no era ni grande ni chica; contra sus dientes no podía lanzar nadie un epigrama, pero tampoco, sin hipérbole, podía compararlos con las perlas. En resolución: desmenuzadas y analizadas todas las visibles y corporales prendas de Elisa, como, por ejemplo, manos, talle, pies, brazos, garganta y frente, nada había que llamase la atención ni por bueno ni por malo. La simétrica disposición o el orden de todas estas partes nada tenía tampoco de singular. Lo singular de Elisa estaba en el conjunto, pero de un modo extraño. La expresión de su fisonomía era sin duda lo que la hacía notable, lo que, más que notable, la hacía inolvidable para quien la había visto una vez sola.

Se diría que su aparición tenía para todas las almas una fuerza semejante a la de la prensa que estampa en el bronce o en el oro, con indeleble y firme dibujo, la imagen que lleva en sí el troquel. Y Elisa, además, hacía de suerte que, cediendo a todas las exigencias de la moda voluble, adoptando todas sus mudanzas en vestido y peinado, conservaba siempre inalterable, inmutable, la traza material de su persona, como la figura que en el troquel de acero está grabada. El tiempo mismo parecía haberse parado para ella desde hacía ocho años. Al menos se requería contemplar a Elisa muy de cerca a fin de advertir sobre su rostro alguna levísima huella del tiempo que había pasado.

Contábanse tales prodigios acerca del poder seductor de Elisa, que hasta los hombres más fatuos y más preciados de invulnerables temían enamorarse si llegaban a tratarla mucho. Se suponía que había inspirado pasiones frenéticas, tercas, profundas y duraderas, y que ella, o había permanecido insensible, o había cedido por un instante a una efímera simpatía, a una alucinación momentánea que antes de dominar su corazón se había desvanecido como sueño. Si había levantado algún ídolo en el altar de su mente, le había derrocado enseguida.

El Marqués, marido de Elisa, había sido un señor insignificante y muy comm'il faut. Su matrimonio, hecho por razón de estado y de hacienda, ni había procedido de amor, ni le había creado después. La completa vanidad, el vacío perfecto de todo cariño, de toda estimación y de toda confianza, desde el día de la boda hasta el día de su muerte, se había ocultado primorosamente bajo las formas corteses de la consideración mutua del frío respeto y de la más delicada galantería.

Por lo demás, Elisa siempre había pasado por recatada y prudente. No se citaba, durante su matrimonio, un solo triunfo que el amor hubiese alcanzado sobre ella. Había sabido infundir, o sin saberlo ni pretenderlo ella, había infundido esperanzas que no llegaban a cumplirse.

Hasta ya viuda, Elisa no había tratado con frecuencia al conde de Alhedín.

Verle y desear enamorarle fue en ella todo uno. Ella era un genio para lo que procederíamos rudamente en llamar coquetería, porque su coquetería era tan sutil, tan aérea y tan refinada, que necesitaba de un nombre más peregrino y más nuevo. Así es que, según lo que yo he llegado a averiguar, por causa de Elisa hubo de introducirse en el dialecto elegante y aristocrático de Madrid el vocablo inglés flirtation, que ya empieza a divulgarse y hasta a avillanarse. Hace algunos años era un vocablo que no se pronunciaba sino en los salones más elegantes, y apenas si se aplicaba a otra mujer que no fuese Elisa.

Elisa empezó, pues, a flirtear con el condesito. Pronto logró enamorarle un poco; pero no era el condesito de los que se rinden y se esclavizan con facilidad.

La flirtation no deja rastro, ni huella, ni señal de la herida, y puede no obstante penetrar en lo profundo del alma y herirla de muerte. El más esencial primor de la flirtation consiste, a lo que me han asegurado, en disparar dardos tan invisibles, que la persona que los dispara pueda darse por desentendida; en augurar favores sin que se atine jamás ni con el fundamento ni con el testimonio del agüero, y en evocar esperanzas en virtud de conjuros tan misteriosos que no los perciba quien los pronuncie. La duda de que una mujer ha hecho algo para alentarnos, debe quedar en pie. Sobre esta duda debe aparecer otra no menos importante, a saber: dado que la mujer haya hecho algo en el mencionado sentido, ¿lo ha hecho con voluntad reflexiva o arrebatada? ¿Hubo premeditación o fue todo inspiración inconsciente?

Justo es advertir que esta teoría acerca de la flirtation me la ha explicado una señora de mucho talento y muy docta de tales estudios. De lo que yo no respondo, es de que el vocablo inglés tenga el mismo significado por dondequiera. Tal vez flirtation y coquetería sean en la Gran Bretaña perfectos sinónimos. Pero aquí no tratamos de filología. Importa poco el valor etimológico y genuino, de la palabra. Lo que nos importa resolver es que la palabra flirtation, en los salones elegantes de España, tiene un valor muy distinto; significa un refinamiento, una alambicamiento de coquetería, y no la coquetería llana y sencilla que por lo común se estila.

Desgraciadamente para nuestra Marquesa, el conde de Alhedín no era hombre contra quien pudiesen valer artes tan sutiles. El conde quizá gustaba de reposarse tranquilamente en la duda cuando se trataba de otras materias; pero en negocios de amor, gustaba de salir de la duda cuanto antes.

Los coqueteos de Elisa no tuvieron, pues, el éxito que con otros hombres habían tenido.

El conde planteó el problema de tal suerte, que fue menester que la incógnita se despejase. Elisa escamoteó, negó todos sus coqueteos, y el conde se apartó serena y hasta fríamente de su pretensión amorosa. Volvieron los coqueteos; se renovaron las exigencias; ella negó de nuevo, y el condesito, sin darse por ofendido, desistió por completo de hacer la corte a Elisa. Todo coqueteo ulterior fue trabajo perdido. El condesito ni siquiera dio a Elisa una satisfacción de amor propio, dejando ver su enojo o exhalando una queja.

El último coqueteo, la última flirtation a que el conde se había mostrado sensible, había sido en París, durante la primavera. En París sobrevino también la firme decisión del conde de no mostrarse sensible nuevamente. Y el conde supo cumplir su firme decisión. Conquistas más fáciles le consolaron y distrajeron de aquel ligerísimo contratiempo.

Mil veces más mortificado quedó en esto el orgullo de Elisa que el del conde. Poco acostumbrada Elisa a que los galanes desistieran tan pronto de pretenderla y se retirasen, además, con tan glacial reposo, se sintió algo picada, si bien disimuló el pique.

El condesito y ella quedaron, en apariencia, al menos, muy amigos.

Tuvo él que venir a Madrid para negocios, y prometió a Elisa ir a Biarritz a pasar el verano.

Ocurrió, estando en Madrid el conde, la aparición de doña Beatriz y de Inés en los Jardines del Buen Retiro; el empeño del conde en conocerlas y tratarlas, y cuanto a la larga hemos ya referido.

El conde no fue a Biarritz a cumplir su promesa amistosa.

Elisa, al principio, distraída con otros coqueteos, circundada de adoraciones y triunfante como nunca, no echó de menos la falta del conde. Supuso que sus negocios duraban aún y le retenían en Madrid.

Más tarde, cuando llegó a los oídos de ella que al conde le retenían en Madrid nuevos amores, Elisa se sintió un tanto cuanto contrariada; pero no bien averiguó que los nuevos amores no eran con ninguna gran señora, con ninguna dama encopetada y célebre, sino con una lugareña, mujer de un escribiente o cosa por el estilo, le entró una terrible gana de reír y de burlarse del condesito, y olvidó sus brillantes victorias pasadas, considerándole como un infeliz para poco, que se refugiaba entre las cursis, o por no lograr nada en esferas superiores, o por tener ánimo abatido, o gusto es tragado, ruin y plebeyo.

Volvió Elisa a Madrid. Vio al conde en teatros, paseos y tertulias, y halló en él tanta cordialidad y tan amistoso afecto, que tuvo por más cierta que nunca su indiferencia para con ella en punto a los amores. La indiferencia no podía ser afectada o fingida de aquella manera.

Esto empezó a herir la vanidad de Elisa. No nos atrevemos a asegurar que hiriese también alguna otra fibra de su corazón, menos mezquina que aquella que a la vanidad corresponde.

Se apoderó asimismo del ánimo de Elisa la más viva curiosidad de conocer a la mujer del empleadillo, de quien todos afirmaban ya que el conde andaba enamorado.

Pero doña Beatriz no había penetrado en más salones que en los de la condesa de San Teódulo; no iba a paseo en coche, por la sencilla razón de que no le tenía, y a misa iba a otras iglesias y a otras horas que las de Elisa.

Sea como sea, se pasaron meses sin que Elisa llegase a ver a doña Beatriz. Bien es verdad que, si Elisa andaba curiosa, andaba también temerosa de verla. Tenía miedo de hallarla hermosa y naturalmente distinguida. Se deleitaba con fingírsela vulgar y ordinaria.

Entre tanto, vino a noticia de Elisa algo que hubo de mortificarla más que nada: el empeño del conde en hacer creer que sus relaciones con doña Beatriz eran el propio petrarquismo. Fuese esto verdad o mentira, implicaba una consideración, un respeto, una atención tan delicada hacia la mujer del empleadillo, que Elisa se llenaba de ira y hasta de envidia cuando en ello cavilaba. Mientras más esfuerzos hacía por no cavilar, más frecuentes eran las cavilaciones.

Todavía se conformaba Elisa con explicárselo todo por cierta cobardía, desidia o pobreza de espíritu, que retraía al conde de lo difícil y le inclinaba a lo fácil; que le inducía a apartarse de los caminos ásperos y de escarpada subida para seguir los senderos trillados y llanos. Lo que no podía sufrir con paciencia era que el conde se complaciese y aun se gloriase de ir subiendo por mayores asperezas, y de estar luchando con dificultades más rudas que las que ella le había excitado en balde a subir y a vencer.

A pesar de su empeño en fingirse todo lo contrario, Elisa insistió entonces en formar gran idea del mérito de doña Beatriz.

—Debe de ser —decía para sí— una mujer diabólica, hermosa, discreta, poseedora de infernales recursos, cuando ha logrado hechizar y embobar al conde, que no es ningún chico inexperto ni majadero.

Con estas y otras parecidas reflexiones la Marquesa se atormentaba casi de continuo.

La nueva, por último, del duelo del conde con el poeta Arturo por defender la inmaculada pureza de la mujer del empleadillo, estalló como una bomba en el corazón de Elisa.

—La quiere, la adora con frenesí —decía Elisa, en el fondo del alma—. ¿Qué habrá hecho ese demonio para cautivar aquellos libres pensamientos, para turbar aquella mente despejada y serena, para mover una tempestad de pasiones en aquel espíritu tan calmoso?

Nada de fijo se contestaba Elisa a tales preguntas; pero vagamente se fingía ya a doña Beatriz tan bella, tan discreta y tan elegante como lo era en realidad, y suponía asimismo en doña Beatriz un arte no aprendido, una sabiduría infusa tal y tan extraordinaria, que todas las flirtations que ella solía emplear eran burdas, pueriles o necias, en comparación de las de aquella oscura y venturosa provinciana.

En esta situación de ánimo ocurrió un día la maldita casualidad de que, yendo Elisa a paseo en landó, al pasar por la Puerta del Sol a eso de las cuatro de la tarde, se interpusiesen unas mujeres distraídas y estuviesen a punto de ser atropelladas. El hombre que las acompañaba las libró del peligro agitando su bastón delante de los caballos, los cuales, espantados, se alzaron de manos, y encabritándose y manoteando estremecieron el landó y asustaron a su vez a Elisa.

¡Cuán sorprendida no quedaría ésta al reconocer en el hombre que le acababa de dar el susto al propio conde de Alhedín, quien la saludaba cortésmente y le pedía por señas humilde perdón de aquella imprescindible irreverencia!

No hubo tiempo para que el conde hablase a Elisa, cuyos caballos, apartado el conde que les estorbaba el paso, arrancaron con furia, a pesar del brío con que los retenía el cochero.

Elisa tuvo tiempo, no obstante, para mirar, para examinar a ambas mujeres. Al punto adivinó quiénes eran.

Cruel fue el resultado de su examen. Absorbida su atención en Beatriz, apenas se fijó en Inesita; pero a Beatriz la vio, la contempló, la estudió con una intensidad tan honda, que compensó de sobra lo breve del tiempo que duró el estudio.

En lo más íntimo de su conciencia, en aquel abismo adonde no llega el amor propio por grande que viva en nosotros, y hasta donde el entendimiento penetra rara vez ofuscado, Elisa se reconoció por un instante muy inferior en todo a doña Beatriz.

Pronto, sin embargo, volvió su ánimo de la postración; se recobró del amilanamiento, del desmayo en que había caído.

La reacción del orgullo herido fue violentísima y poderosa.

Entonces, corriendo en su coche por la calle de Alcalá abajo, Elisa juró guerra a muerte a doña Beatriz, la cual estaba muy ajena de que se alzaba contra ella tan temible enemiga.

En nombre del orgullo, en nombre del amor, que con el orgullo nació de súbito en su alma, si bien con bastardo e impuro nacimiento, Elisa se resolvió a luchar, a aventurarlo todo por atraer de nuevo al conde y por quitárselo a doña Beatriz y tomarle ella.

Marido o amante, todo le era igual en aquel momento de ira: lo que le importaba era rendir al conde, conseguir que no fuese de doña Beatriz, lograr que aquella mujer se viese abandonada.

XVII

A pesar de su culto a doña Beatriz, el condesito seguía yendo a teatros, paseos y reuniones aristocráticas. En dichos puntos siempre encontraba a Elisa.

Esta volvió a emplear para cautivarle cuantos medios había antes empleado; pero el condesito, firme y frío como una roca, no se mostraba sensible ni aun se daba por entendido.

Elisa no perdió por eso la esperanza: esforzó sus artes y llegó más allá del término hasta donde en toda su vida había llevado la flirtation. Tampoco así consiguió que el conde diera la menor señal de que se inclinara a rendirse.

Elisa se esmeró entonces en su vestido y peinado; lució nuevas y ricas galas; aguzó el ingenio para que en las tertulias tuviese mayor hechizo su conversación; atrajo en torno suyo a cuantos hombres valían más por cualquier estilo; se rodeó de más brillante y numerosa corte que nunca, y ni aun así pudo vencer la indiferencia del conde.

Diole las muestras más patentes y lisonjeras de su predilección; dejó mil veces plantado a todo un círculo de admiradores, y rompiéndole, en los bailes, fue a asirse del brazo del desdeñoso. Para él fueron las más dulces miradas, las más afectuosas sonrisas; todos aquellos signos, en suma, que suelen augurar favor y revelar amor, sin traspasar los límites de la modestia y del decoro.

El conde no respondía con desvío. Esto hubiera sino menos cruel. El conde respondía con gratitud, con cortesanía extremada y con tan glacial acatamiento, que ponía fuera de sí a la pobre Marquesa.

Imaginó, por último, Elisa, que le iba sucediendo con el conde lo que al pastorcillo embustero de la fábula, que gritaba: «¡Al lobo! ¡Al lobo!» cuando el lobo no venía, y que una vez que el lobo vino, no le valió gritar «¡Al lobo!» porque los que podían socorrerle no dieron crédito a sus gritos. Elisa calculó que el conde no acudía al reclamo, temeroso de nueva burla. Era, pues, indispensable darle pruebas de completa sinceridad.

Mucho se violentó antes de resolverse. Su orgullo se resistía. Sus costumbres, tan contrarias a la humilde franqueza, ponían dique a su deseo. Elisa sabía prometer, alentar, dar esperanzas de un modo tan aéreo y confuso, que se pudiese negar hasta ella misma que había prometido y alentado. Su amor, o más bien el fantasma, la apariencia de amor que ella creaba y alimentaba en su alma, era tan sutil y vaporoso, que se deslizaba hasta el seno de los más empedernidos, despertando a veces tempestades, y no dejaba huella ni rastro de su paso. Se desvanecía como sombra; era ilusorio, vano como silfo, y tenía la fuerza de un gigante para destrozar corazones.

Pero este fantasma de amor no le valía ya con el conde. Verdadero amor, aunque nacido de envidia y celos, no le valía tampoco. El conde, escarmentado ya del amor falso, tomaba por falso el verdadero. Era indispensable que el amor mostrase su verdad y su realidad, sin que ofreciese la más pequeña duda. Elisa ansiaba robar a doña Beatriz el corazón del conde, costase lo que costase.

En esta disposición de ánimo, Elisa estaba determinada a todo lo que pudiese asegurarle la victoria. Pero, en medio de sus más violentas pasiones, la prudencia no la abandonaba. Calculaba con serenidad, como si estuviese en calma.

Calculó, pues, en esta ocasión, que rendirse sin condiciones no era triunfo, sino derrota; que podría suceder que el conde, verdadero triunfador, volviese a doña Beatriz, ocultándole una infidelidad efímera o pidiéndole perdón de su culpa. Solo con pensarlo temblaba Elisa de despecho.

Su primera idea de que el conde fuese, si dejaba a doña Beatriz, o su marido o su amante, se limitó a uno solo de los dos términos del dilema. La Marquesa, tan libre hasta allí, decidió sujetarse al dominio de aquel hombre. Era rica; a pesar de sus vanos coqueteos, su reputación se había conservado sin mancha; era de una familia no menda ilustre que el conde; era para el conde un excelente partido; ¿por qué no habían de casarse los dos? Era el único medio seguro que tenía Elisa de triunfar de doña Beatriz.

En mujer tan orgullosa como Elisa no cabía una insinuación directa con el conde: no cabía que ella se le declarase. Decidiose, pues, a dar un paso, que no comprometía su buena fama, que la dejaba ilesa, aunque pudiese mortificar su vanidad.

Llamó a su casa a un anciano tío suyo que le inspiraba la mayor confianza; hizo con él confesión general de sus coqueteos con el conde de Alhedín; reconoció que con el amor no hay burlas; declaró que, burlando ella con el amor, era ya la burlada, la cautiva y la enamorada; y suplicó al prudente tío que viese a la madre del condesito, y que, como cosa suya, si bien dando a entender que le constaba que la Marquesa estaba propicia, propusiese a dicha señora tan brillante matrimonio para su hijo.

El tío cumplió con discreción y habilidad el delicado encargo. La condesa viuda de Alhedín halló que su hijo no podía soñar con mejor boda, y se puso enteramente de parte de la Marquesa, cuya decidida voluntad en favor del conde la lisonjeaba en extremo.

No hay que decir que esta negociación se llevó con el mayor sigilo.

La condesa de Alhedín tuvo con su hijo una larga conversación: le habló de la boda propuesta como de una gran dicha para su casa; como de un fausto suceso que merecería toda su aprobación, y trató de apartarle de los enredos galantes que le suponía, pintándole las delicias del hogar doméstico y repitiendo lo que otras veces había manifestado, de que ya era tiempo de que tuviese una familia, adquiriese otra gravedad y respetabilidad y emplease su vida y las altas prendas que Dios lo había dado en asuntos serios, que redundasen en pro y mayor lustre de su nombre y en bien de su patria.

El condesito volvió a negar a su madre que él tuviese relaciones con doña Beatriz, y le confesó que había estado prendadísimo de la Marquesa; pero añadió que su coquetería sin entrañas le había curado de aquel principio de amor, y que tan radicalmente le había curado, que le era ya imposible amar a la Marquesa, y, por consiguiente, casarse con ella, si bien reconocía que era merecedora de llevar el nombre de él y de ser su compañera de toda la vida.

En resolución, aunque de un modo indirecto, y con el más profundo sigilo, y suavizando el golpe los dos medios por quien pasó, a saber: primero, la condesa, al hablar con el tío, y el tío luego al hablar con la sobrina; ésta, como dura lección y como castigo de sus flirtations, recibió lo que vulgarmente llamamos unas terribles calabazas.

La soberbia de Elisa, ofendida y humillada en lo más vivo, pedía venganza desde el fondo de su corazón.

Jamás Elisa había previsto, ni en sus sueños más negros y desesperados y que un hombre se había de resistir a sus atractivos poderosos y a la magia de sus coqueteos; que este hombre la había de enamorar cuando era ella la que solía enamorar a todos los hombres, y que al fin la había de impulsar hasta el punto de tomar la iniciativa y de mendigar su mano, y de recibir de él una repulsa insolente y desapiadada.

La causa de todos estos males era doña Beatriz. Por culpa de doña Beatriz creía Elisa que se había enamorado del conde; por culpa de doña Beatriz creía que el conde la desdeñaba.

La cólera se apoderó de su alma; la cólera arrojó de allí todo sentimiento generoso, todo escrúpulo, toda consideración que se opusiera a la venganza.

Con tal de vengarse no le arredraba ya ni el delito; no le sonrojaba meditar en los medios más viles y llegar a valerse de ellos.

XVIII

Los días después del cruel desengaño de Elisa, don Braulio González, al ir a sentarse en la mesa de su despacho en el Ministerio, vio sobre el pupitre una carta que le iba dirigida. La abrió y leyó lo que sigue:

«Señor don Braulio: La fama va esparciendo por todas partes que es usted listísimo. Yo le he tomado a usted afición y no quiero creerlo. En la situación de usted, llamarle listo es hacerle la mayor injuria. Verdaderamente usted no puede ser listo dentro de lo justo. O usted no es listo, o usted se pasa de listo. Prefiero creer y decir que usted es tonto. ¡Sería tan infame saber y disimular! No; usted ignora lo que en Madrid sabe todo bicho viviente. Usted no disimula. No se disimula con tanta habilidad. Discreto es el conde de Alhedín discreta es doña Beatriz, y, sin embargo, no han disimulado.»

Así terminaba la infame carta. Ni una palabra más. No tenía firma. La letra parecía contrahecha.

Don Braulio leyó la carta una, dos, hasta tres veces, como quien no se entera bien, como quien no da crédito al testimonio de sus sentidos, como quien duda aún de si es realidad o si es una pesadilla o un delirio lo que percibe.

Sin alterarse luego, hizo con pausa mil añicos de la carta, incluso del sobre; después estuvo a punto de echar los añicos en el cesto que tenía al lado para los papeles rotos; y al cabo, como reflexionándolo mejor, y como temiendo que la carta destrozada pudiera juntarse y recomponerse, se alzó don Braulio de su asiento, se dirigió a la chimenea que ardía en un lado de la sala, y arrojó con cuidado en la llama todos aquellos pedacitos de papel.

Volvió entonces a su mesa para empezar sus trabajos del día; pero, no bien dio tres o cuatro pasos, no acertó a tenerse en pie, y cayó desplomado sobre la estera del suelo que cubría la estancia.

Los compañeros y escribientes que allí se hallaban corrieron a levantarle.

—¿Qué es esto, señor don Braulio? —dijo uno.

—¡Amigo González! —exclamó otro.

Don Braulio no respondió.

—Es un ataque de apoplejía.

—¡Qué demonio de accidente!

—¿Qué apoplejía? —dijo otro—. Buena facha de apoplético tiene este señor, más seco que un bacalao.

—Más bien será un desmayo de debilidad —exclamó un cuarto interlocutor, que despuntaba por lo gracioso—. Su mujer lo gastará todo en moños, y comerá poco en su casa.

En fin, aunque no eran muy caritativos los compañeros, atendieron a don Braulio, quien no tardó en volver en sí.

Su primer cuidado fue suplicar a los allí presentes que no dijeran nada de lo ocurrido, a fin de que en su casa al saberlo no se asustasen.

Todos le prometieron callar.

Don Braulio aseguró entonces que se hallaba enteramente repuesto, y volvió a su asiento y se puso a trabajar como si nada hubiera pasado.

No salió aquel día de la oficina ni medio minuto antes de la hora de costumbre.

Cuando volvió a su casa, nadie hubiera notado en su rostro la menor huella de dolor.

Dijo tranquilamente a su mujer que Paco Ramírez le llamaba al lugar; que tenía que arreglar allí un negocio importante, y que aquella misma noche iba a tomar el tren de Andalucía.

Alguna extrañeza causó a doña Beatriz el repentino viaje de don Braulio; pero éste afirmó con serenidad que no era negocio que debiese inspirar cuidado, y así desvaneció todo recelo, tanto de la mente de su mujer, cuanto de la mente de Inesita, la cual se mostró también algo maravillada al principio.

Don Braulio mismo preparó su maleta auxiliado por su mujer.

Durante la comida apareció alegre y hasta más hablador que de costumbre.

En un momento en que doña Beatriz dejó solo a don Braulio con Inesita, don Braulio dijo a ésta que cuando él volviese del lugar le traería a Paco a vistas, y que esperaba que se habían de gustar y se habían de casar a escape.

Paco no había venido aún, por más que lo deseaba, porque quería dejar arregladas todas sus cosas y allegar muchos fondos para comprar dijes y primores que regalar a su futura.

En una palabra; don Braulio lo hizo tan perfectamente que no despertó en el ánimo de doña Beatriz ni de su linda hermanita la menor sospecha de que su inesperada y súbita determinación pudiese tener por causa un pesar acerbo, ni por móvil y propósito nada de siniestro ni de trágico.

Ambas hermanas pugnaron por acompañar a don Braulio a la estación; pero don Braulio se opuso, sosteniendo que era una incomodidad inútil la que querían tomarse. Así, aunque a duras penas, las persuadió a que se quedaran y no fueran a despedirle.

Cuando llegó la hora de la partida, don Braulio hizo venir un cochecillo por medio del portero, quien bajó la maleta y la colocó en él.

Doña Beatriz abrazó y besó cariñosamente a su marido, y él correspondió con no menor cariño.

—Cuídate mucho, Braulio, y vuelve cuanto antes —dijo doña Beatriz.

—Adiós, querida mía. Pronto estaré de vuelta —contestó don Braulio.

Enseguida bajó la escalera, viéndole bajar ambas hermanas, que hasta la puerta, al menos, le habían acompañado.

A poco se oyó rodar el coche en que don Braulio iba.

Beatriz e Inés volvieron a entrar en la habitación y se sentaron junto al brasero, una enfrente de otra

—¡Qué precipitación de viaje! —dijo doña Beatriz sencillamente.

—¿Estará enfermo Paco? —exclamó Inesita—. Tal vez llame porque esté enfermo y Braulio no nos lo haya querido decir.

—No lo creas, Inés —contestó doña Beatriz—. Braulio no sabe ocultarme nada. Va para negocios del caudal, que ni tú ni yo entendemos. Yo tengo tal confianza en Braulio, que no he querido cansarle en que me explique de qué naturaleza son esos negocios que tamaña prisa requieren. Bástame con que me haya dado completa seguridad de que no ocurre nada aflictivo. ¿Cómo, además, había él de ir tan alegre y tranquilo como va si hubiese que lamentar una desgracia?

De este modo siguieron hablando ambas hermanas hasta que sonaron las diez, hora en que solían acudir a la tertulia de los de San Teódulo.

Beatriz dijo que como tenía, a pesar de todo, cierta pena por la partida de su marido, no quería ir a la tertulia aquella noche; pero Inesita la animó, sostuvo que no había razón para no hacer lo que todas las otras noches, y al cabo logró de su hermana que fuese como de ordinario.

La anciana ama del cura era quien las acompañaba cuando iban solas y a pie a la tertulia sin que don Braulio las acompañase. Aquella noche el ama las acompañó también. Cuando llegaron a la tertulia, ya estaba en ella el conde de Alhedín, quien de día en día iba descuidando más sus otras tertulias y diversiones, y acudiendo más temprano y sin faltar una sola noche en casa de Rosita.

XIX

Al tercer día después de la partida de don Braulio, recibió Paco Ramírez una carta de Madrid. La vista del sobrescrito, cuya letra reconoció al punto, le llenó de contento, mezclado con alguna inquietud y extrañeza.

La carta era de doña Beatriz, la cual, no por falta de cariño, sino por desidia, no le había escrito jamás desde que del lugar se había ausentado. Don Braulio era quien siempre escribía a Paco y le daba nuevas de la salud de todos.

—¿Qué habrá ocurrido? ¿Qué novedad será ésta? —pensó Paco—. ¿Estará enfermo Braulio? ¿Por qué me escribe Beatriz?

Sobresaltado con tales ideas, abrió corriendo la carta y leyó lo que sigue:

«Querido Paco: Aunque me tienes enojada porque llamas a Braulio con tanto misterio, arrancándole del lado mío, todo te lo perdonaré si me le despachas pronto y le dejas libre para que se vuelva con su mujercita, que no vive a gusto sin él.

»Sobre el perdón, podrás contar con mi gratitud, si, a más de devolverme cuanto antes el bien que me quitas, me le mimas y regalas como él se merece, todo el tiempo que ahí permanezca.

»Mira que Braulio está muy delicado de salud. No le fatigues llevándole a cazar. Procura que se cuide, porque es muy descuidado.

»Nosotras, Inesita y yo, estamos en Madrid divertidísimas. Todas las noches vamos de tertulia en casa de Rosita, la hija del escribano de Villabermeja, que es ahora condesa, y una de las mayores elegantas de la corte. A. su casa no van, por lo común, más señoras que nosotras; pero en cambio van muchos hombres de los más distinguidos en letras, armas y política. Hay allí la mayor cordialidad. Parecen todos amigos íntimos y cariñosos. Sin embargo, pocos días ha, dos de los tertulianos tuvieron un duelo, y uno de ellos salió herido. Por fortuna, la herida fue muy ligera. No he podido averiguar la causa de este duelo. Todos me han afirmado que ha sido por una niñería. Yo lo he sentido mucho, porque el duelo fue entre mis dos tertulianos favoritos. Es el uno un poeta, cuyos versos sonoros, religiosos y sentimentales, me conmueven y divierten poquísimo; pero que en prosa es un truhán bastante ameno y buen chico en el fondo. El otro es la flor de los caballeros principales: discreto, galante, gracioso y con un pico de oro para entretener a las mujeres y a todo el mundo cuando está de humor y se pone a charlar. El tal condesito, porque es un condesito, me tiene enamorada. Él me quiere bien, me adula; eso sí, es un adulador y un embustero de primera fuerza; pero yo, si bien reconozco sus traidoras lisonjas y sus embustes, me dejo cautivar por ellos. Así es que somos excelentes amigos.

»Inesita está siempre en Babia, soñadora y distraída, aunque bien de salud.

»En suma; no lo pasamos mal a pesar de lo poco que tenemos para vivir en Madrid, donde todo es carísimo.

»Ahora es cuando siento el primer disgusto desde que estoy aquí. No sé por qué estoy inquieta y desazonada. Será una tontería. ¿Qué quieres? La partida repentina de Braulio me trae cavilosa. Al principio, hasta después de haberse ido, todo me pareció natural y sencillo. Hoy me pongo a reflexionar, echo a volar la imaginación y me finjo vagamente mil absurdos. Por esto también quiero que me devuelvas a Braulio cuanto antes. Vente tú con él a pasar una temporadita en esta corte. Verás lo que te diviertes en el teatro Real y en los Bufos y la Zarzuela. Nuestra casa en un chiribitil y no tenemos cuarto que ofrecerte; pero comerás con nosotras de diario. Adiós. No quiero que digas a Braulio que te he escrito. No quiero que se engría del cuidado que por él me tomo, o que se fastidie de que no le dejo un instante de libertad. Cuídale tú mucho, sin que él sepa que yo te lo encargo. Es muy aprensivo y se afligiría imaginando que yo le tengo por enfermizo, cuando, siendo tan perezosa como soy, me muevo a escribirte solo para encargarte que me le cuides. Adiós, repito, y quiéreme como a tu buena hermana.

»BEATRIZ.»

Esta carta, que, por venir de quien venía, encantaba a Paco Ramírez, no pudo menos de llenarle al mismo tiempo de zozobra. Paco veía y calculaba claramente que su amigo Braulio debía de haber llegado al lugar veinticuatro horas antes que la carta. ¿Dónde se había metido? ¿Dónde había ido a parar? Paco hizo las más extrañas y alarmantes suposiciones. ¿Si habrá enfermado en el camino y se habrá quedado en alguna estación? ¿Si merced a esa cordialidad de la tertulia de Rosita, el pobre Braulio, que es enclenque y nada ágil, habrá tenido también que andar a tiros o a sablazos y le habrán enviado cordialmente al otro mundo? Era evidente que Braulio había engañado a su mujer diciéndole que Paco le llamaba. ¿La habría engañado también diciéndole que iba al lugar y yéndose a otra parte o quedándose de oculto en Madrid? ¿Con qué propósito, Braulio, que era veraz, aunque muy reconcentrado o metido en sí, habría forjado tales mentiras?

Devanándose los sesos para explicarse la causa de la tardanza de Braulio, pasó Paco dos días mortales. Braulio no parecía y los temores de Paco se acrecentaban. No sabía qué determinación tomar. Escribir a doña Beatriz diciéndole la no aparición de su marido, era infundirle el mismo pesar que tenía él y tal vez descubrir además un secreto de Braulio: algo que le importaba mucho que su mujer no supiese.

Paco aguardó con impaciencia, pero aguardó.

La estación del ferrocarril estaba a cuatro leguas del lugar. Un carricoche traía a los pasajeros desde el punto por donde el ferrocarril pasaba.

Paco salió a caballo dos veces a una legua de la población a recibir a su amigo. Éste no llegó ni la vez primera ni la segunda.

A poco de volver a su casa la segunda vez sin traer consigo a Braulio, Paco recibió una carta certificada.

Si la de doña Beatriz le sorprendió con solo ver su letra en el sobrescrito, más le sorprendió esta nueva carta, así por la letra, que era la de don Braulio, como también por el certificado.

La abrió Paco con profunda emoción y leyó lo siguiente:

«Querido Paco: No acierto a entenderme directamente con Dios ni a desahogar con él mis penas. Le busco en el abismo de mi alma; pero mi pensamiento se cansa y se asusta atravesando soledades infinitas sin llegar nunca a donde él reside. Si yo no hubiese dejado de ser creyente, tendría mi confesor, quien lo sabría todo. No necesito consejo. El consuelo es imposible. Sin embargo, este peso que me oprime el corazón se aligeraría comunicando con Dios por medio de un ser humano. Hay cosas que se avergüenza uno de confesarse a sí mismo; y esas cosas, por extraña contradicción, fatigan y matan si con alguien no se confiesan. Por eso voy a decírtelo todo. No seas severo conmigo. No me condenes por miserable y falto de pudor si te lo digo todo: si te descubro lo que a mí mismo debiera yo ocultarme.

»Harto conoces mis ideas. Yo no quiero que Beatriz me ame por caridad, ni por gratitud, ni por miedo de castigo o de venganza, por parte mía o por parte del cielo. No quiero que me ame ni en cumplimiento de un deber moral, ni por consideración a leyes dictadas por los hombres. Quiero que me ame por amor, como yo la amo.

»Esto era imposible. Mi vanidad me engañó y por eso me casé con Beatriz; feo yo y ella hermosa; viejo, y ella joven; pobre, y ella con todos los instintos y las inclinaciones a la elegancia, al lujo y a brillar en el mundo.

»¿Qué había en mí que pudiera hacerme amable a sus ojos? ¿Un corazón noble? ¿Una inteligencia elevada? ¿En qué obra mía se advierte la nobleza de mi corazón? ¿Dónde se hace patente la elevación de mi inteligencia? Me atribuyo sin motivo estas prendas superiores. Soy un necio vanidoso.

»¿Qué hombre hay, por incapaz que sea, que no halle razones para estar contento de sí mismo? El feo se halla agraciado; el cobarde, humano y benigno; el tonto, lleno de candor y de inocencia; el afeminado, culto; el brutal e intratable, brioso y leal; el insolente, franco; el bajo y adulador, afable y bueno. Así también yo me engañaba.

»A veces entreveía yo mi engaño, y me atormentaba la sospecha de mi indignidad. Y no me atormentaba por amor a mí mismo, por menospreciarme, por sentir que valía yo raenos. Me atormentaba porque desaparecía a mis ojos todo razonable y fundado motivo de que Beatriz me amase.

»Con todo, yo estaba ciego. Dependía mi felicidad hasta tal punto del amor de Beatriz, que, destruido ya por mi crítica impía todo fundamento en que mi amor pudiera apoyarse, cerraba yo los ojos de mi alma para no ver que aquel amor se derrumbaba, se perdía para siempre, cuando yo necesitaba que fuese eterno.

»De aquí mi absurda, mi inverosímil ceguedad, siendo yo por lo común tan suspicaz y receloso.

»Todo Madrid lo sabe y sin duda lo dice. Yo seguiría ignorándolo, si una delación anónima no hubiese venido a dar luz a mi entendimiento.

»Era una deshonra. Pasaba yo por un marido sufrido y consentido. Y, sin embargo (me humilla mi flaqueza), me duele que me hayan desengañado. Me alegraría de seguir en el engaño y de ser el ludibrio de las gentes con tal de no perder la fe en ella, con tal de creer que me ama todavía.

»La carta delatora me ha hecho ver lo que yo no quería ver, sin advertir que era yo quien no quería ver.

»Es evidente mi infortunio.

»He querido, no obstante, negármele aún. He querido persuadirme de que era la carta una calumnia. Nuevas pruebas me dicen que no.

»El vínculo indisoluble que ata mi existencia a la de Beatriz no es el de la religión; no es el de las leyes. Esos los rompería yo enseguida al verla culpada. El vínculo indisoluble es el de mi amor, que su culpa no extingue ni ahoga.

»¿Cómo separarme para siempre de ella si mi corazón queda con ella para siempre?

»Nada le he dicho. No le he dado la menor queja. ¿Cómo quejarme sin matarla? ¿Cómo matarla amándola tanto?

»Toda explicación con ella, toda palabra sobre su falta me parecería fea. Un diálogo entre ambos sobre tan infame asunto sería monstruoso. Valdría más matarla sin hablarle de la razón que para matarla tengo.

»He huido de casa suponiendo que tú me llamabas. Ella me cree en ese lugar. En casa no sé qué hubiera yo hecho. Quizá alguna acción indigna. Quizá hubiera llorado y me hubiera quejado como vil. Quizá la hubiera maltratado como verdugo.

»Pero no... yo no hubiera podido maltratarla. Mi corazón es todo ternura... todo vileza para con ella. No soy un hombre... soy un niño... un esclavo.

»Es menester que lo sepas todo. Quiero que te compadezcas de mí; hasta de lo ridículo que en mí hay. Ríete también... soy digno de compasión y de risa.

»Aquella noche de mi simulada partida entró en casa misteriosamente. Me deslicé por la escalera arriba ya tarde. Tengo las llaves, y abrí; entró y me escondí en mi cuarto. Aun no habían vuelto ellas de la tertulia donde van todas las noches; donde va también el hombre que me mata. Las oí llegar, las oí reír, celebrando los chistes de ese hombre. Para distraer las penas que por mi ausencia pudiera suponerse que tenía mi mujer, él había estado más parlanchín y chistoso que de costumbre.

»Tuve calma para aguardar que se acostaran, y aun para aguardar que Beatriz se durmiera. Durante algún tiempo hubo en mí cierta energía de que ahora me estremezco. Pensé en matar a Beatriz a puñaladas mientras dormía.

»Te aseguro que penetré en su alcoba con este propósito tremendo. Ríete ahora. Es muy cómico, es jocoso lo que te voy a decir. Yo no uso armas, no tengo más que una gumía que me trajo de presente un oficial amigo, que fue de los que entraron en Tetuán. Con dicha gumía quería yo matarla. La llevaba yo desnuda en la mano derecha; en la mano izquierda llevaba la palmatoria.

»Sin verme en ningún espejo, me veía yo en mi imaginación, y yo mismo me daba grima, no por lo criminal, sino por lo grotesco. Tan chiquituelo, tan feo, tan valetudinario y tan canijo; empleadillo de última clase... ¿qué derecho tenía yo a las grandes pasiones? Yo era un Otelo de sainete.

»Iba conteniendo la respiración... de puntillas... lleno de miedo de que mi mujer despertase. Me parecía que si despertaba y me veía iba a soltar una carcajada.

»Así llegué junto a ella. Ella no se despertó. Dormía con la boca entreabierta, mostrando sus dientes blanquísimos e iguales. ¡Qué frescura y qué rojo carmín en sus húmedos labios! ¡Qué largas pestañas unidas! ¡Qué sonrisa apacible! ¡Qué frente serena! Si Desdémona hubiera sido como Beatriz, Otelo no le hubiera dado muerte. No comprendí entonces que pudiera caber monstruosidad semejante en ser humano por bárbaro que fuese. Mi cólera cedió paso al enternecimiento. Un diluvio de lágrimas bañó mis mejillas. Puse la gumía sobre la mesa de noche. La puse allí con mucho tiento y temblando de que mi mujer se despertase. Volví a mirar a Beatriz. La miré como quien mira el tesoro que ha perdido. Todo su valer, toda su belleza, todo su hechizo fulguró ante mis ojos con más brillo que nunca. ¿Qué bastarda dulzura, qué amor sin honra y sin vergüenza, qué afecto villano me emponzoñó en aquel instante el corazón y corrió por mis venas con mi perversa sangre? Ello es que enjugué mis lágrimas, bajé la cabeza con lentitud y suavidad, y sin rozar apenas con los labios, besé sus mejillas sonrosadas.

»Por fortuna se realizó en mí la reacción. El ultraje recibido se ofreció a mi espíritu. Me llenó de rubor. Tuve vergüenza; tuve aseo de mi flaqueza.

»La idea de matar a Beatriz me solicitó de nuevo la voluntad indecisa. Empuñé el hierro nuevamente. Nuevamente retrocedí espantado.

»Huí del cuarto; huí de la casa como un ladrón. Abrí ambas puertas con las llaves que había guardado, cerrando luego cuidadosamente. Me encontré en la calle.

»¿Qué hacer? Yo me veía ridículo. No podía sufrirme. En mitad de la calle me dio un ataque de risa nerviosa. Si alguien me oyó debió tomarme por loco.

»Multitud de pensamientos encontrados, y todos tristísimos, cruzaban por mi mente; pasaban y volvían con persistencia cruel.

»Por un breve momento insistí en imaginar aún que podría ser calumnia la delación anónima, pero pronto huyó de mí esta idea consoladora. Es la única que no ha vuelto.

»¿Qué solución tenía la crisis en que me hallaba? ¿Acaso había yo de asesinar a mi mujer? ¿Acaso había yo de asesinar a su amante?

»No; no era debilidad mía: yo me sentía con ánimos para matar a alguien que hubiera venido en aquel punto a robarme el reloj o los pocos reales que en el bolsillo llevaba; pero quizá por una perversión moral, no podía yo considerar de ladrón al que me robaba la dicha, el amor de mi mujer y la limpia honra de mi casa. El reloj y el dinero son mi propiedad, no tienen libre albedrío; no se van con el ladrón y me dejan porque le prefieren, mientras Beatriz se iba con otro y me dejaba porque le prefería. Él hacía bien en llevársela. ¿Por qué había yo de asesinarle por esto? ¿Qué me debe él a mí para respetar mi felicidad y desatender la suya?

»Deseché, pues, de mi alma el pensamiento de asesinar a mi rival. Juzgándole en el tribunal de mi conciencia, yo no le absolvía, pero reconocía la incompetencia del tribunal. Yo no le absolvía por ser yo el agraviado. Si el agraviado hubiera sido un indiferente, le hubiera absuelto. Podía, pues, matarle, no como justicia, sino como venganza.

»Entonces pensé en el duelo; pero ¿cómo pelear ni con espadas ni con pistolas que en la vida he tomado en las manos? Me repugnaba, además, la idea de darme antes por ofendido; de reclamar igualdad de condiciones y de probabilidades para vengar mi agravio; de confesar mi torpeza en las armas y mi incapacidad; de apelar a no sé qué medios para forzar a un rival dichoso a que se pusiera de suerte enfrente de mí, que yo, flaco, viejo y enfermizo pudiera matarle, siendo él joven, ágil y robusto.

»Ni el asesinato ni el duelo eran posibles. Otro hombre que no fuese yo se separaría para siempre de su mujer. No había partido más conforme a la razón. Yo, sin embargo, no podía seguirle. Yo no viviré lejos de ella.

Es horrible, es estúpido, es monstruoso, pero yo la amo; seguiré amándola siempre. Sin su amor, el mundo será un desierto para mí; la vida, soledad medrosa; mi corazón, un vacío que con nada se llenará.

»El alma humana necesita amar, adorar, creer. El cielo ha castigado la soberbia de mi alma. De ella han sido arrojados ídolos, altares, todo ser digno de adoración y de amor. En cambio, puse mi adoración, mi amor, mi fe y mi esperanza en Beatriz. Ella era... es mi idolatría.

»El amor del descreído es inmenso. El descreído consagra a un objeto despreciable toda la fuerza de amor con que procura el creyente elevarse a su ideal divino.

»En fin, ¿para qué cansarte? He vagado como una fiera mansa que lleva clavado en el pecho un dardo envenenado. De noche he vagado; de día he estado oculto. Tengo vergüenza de que la gente me vea. Se me antoja que todos conocen la burla de que soy víctima, mi paciencia, mi amor mal pagado, y que van a reír al verme o van a escupirme a la cara.

»Anoche llegó mí ridiculez a último extremo.

»Ya no cabe la menor duda. Yo andaba en torno de mi casa, y cerca de las cuatro de la mañana vi que salía un hombre... misteriosamente... de allí. Tengo ojos de lince... le vi..., era él. Llevaba yo un revólver en el bolsillo. ¿Para qué? Si hubiera disparado los seis tiros que tiene, ninguno hubiera dado a mi enemigo. No sé tirar, y, además, me temblaba la mano. Todo yo estaba convulso.

»Además, ¿por qué no confesarlo? Creo que yo no sería capaz de matarle, aunque le hallase dormido y pudiese poner a mansalva el cañón del revólver en una de sus sienes.

»No comprendo ya más que una cosa. No puedo sufrir mi amor inextinguible. No puedo sufrir la ridiculez que en mí noto. Hasta la poesía de un gran dolor no es dable en mí, porque me río yo mismo de mi dolor y le hallo cómico.

»No me queda más recurso, si no muero buenamente, que buscar modo de morir cuanto antes.

»Perdona este largo desahogo. Perdona esta prolija carta. Será la última. Adiós.»

Paco Ramírez era un hombre de cierta ilustración y de claro entendimiento; pero le tenía aún más sano que claro; le tenía tan sano como su cuerpo, que era el de un atleta. Paco amaba a don Braulio, aunque era quien más le había siempre echado en cara que se pasase de listo, que tuviese maneras de pensar que él calificaba de tortuosas y que se hiciese víctima de los más alambicados y singulares sentimientos.

Apenas leyó la carta, creyó que Braulio estaba loco. No podía creer la falta de doña Beatriz: tan buena opinión tenía de ella. Imaginó al punto que la persona de quien andaba celoso Braulio era el conde, de quien Beatriz le hablaba en su carta. Fuese como fuese, Paco temió una catástrofe. Pensó en que Braulio, o se iba a morir, o se iba a matar, o se iba a Leganés. A fin de evitarlo, si era tiempo, se puso inmediatamente en camino para Madrid. Braulio no le había dado señas, pero él le hallaría. Si no llegaba a salvarle, llegaría a vengarle. Paco no se andaba con metafísicas ni discreteos. No pensaba ni en asesinatos a traición ni en duelos de toda ceremonia. Solo pensaba en sacar el amor y hasta el alma del condesito de su gallardo cuerpo a mojicones y patadas.

Con tan buenos propósitos, ansioso además de ver a su Inesita, y con esperanzas de enamorarla y de traérsela al lugar, a las treinta y dos horas no cabales de haber recibido y leído la lamentable carta de su desesperado amigo, llegó Paco a esta heroica y coronada villa, y sin sacudir siquiera el polvo del camino, después de dejar la maletilla en una casa de huéspedes, y de instalarse, tomando cuarto en ella, se dirigió a la vivienda de las dos lindas hermanas.

XX

Conforme iba Paco Ramírez hacia dicha vivienda, aunque muy apresuradamente, se ofrecían a su imaginación con mayor viveza todas las dificultades de la entrevista que debía tener.

En la carta de don Braulio recordaba los párrafos más siniestros y ominosos, y preveía alguna desgracia. Hasta una contradicción que había notado en la carta le daba entonces mucho que sospechar. Don Braulio confesaba al principio, como era cierto, que jamás usaba ni llevaba armas, y hacia el fin de la carta hablaba de un revólver que tenía en el bolsillo. Paco Ramírez veía claro que don Braulio le había comprado o le había adquirido en aquellos días, después de la noche que estuvo de oculto en su casa. ¿Para qué esta adquisición? ¿Qué pensaba hacer su desventurado amigo?

Paco estaba cierto de que don Braulio no mataría ni a su mujer ni a su rival, pero tenía miedo de que atentase a su propia vida, y ya pensaba en vengarle matando al condesito.

Era Paco tan fuerte, tan sereno, y estaba tan seguro de sí, que nada le parecía más fácil.

En cuanto a doña Beatriz, Paco la amaba como a una hermana y la respetaba como a un ser superior, por donde, aunque le afligiese mucho el creerla culpada, como ya la creía, estaba dispuesto a perdonarle la culpa. En este punto comprendía y aplaudía y hasta bendecía la debilidad o la ternura de don Braulio. Lo que no se explicaba es, que don Braulio no tratase de vengarse del condesito de cualquier modo que fuese.

Entre tanto, ¿qué iba él a hacer, qué iba a decir en casa de doña Beatriz? Después de reflexionarlo, formar varios planes y componer mentalmente varios discursos, determinó dejarse guiar de la inspiración del momento e improvisarlo todo.

Así llegó a casa de don Braulio. Subió los escalones de dos en dos y tiró del cordón de la campanilla. Eran las nueve de la mañana.

Enseguida le abrieron, con aquella franqueza y prontitud con que suelen abrir los pobres.

Apenas tuvo tiempo de ver quién le abría. Se encontró ceñido por unos brazos que le estrechaban y abrumado por una boca que cubría sus mejillas de un diluvio de sonoros besos.

—¡Válgame Dios, hombre! —dijo al cabo el ama Teresa, que era quien le besaba—. ¡Cómo has embarnecido en estos tres años! Da gloria verte: estás hecho un real mozo. Pero dime, ¿y don Braulio? ¿Viene contigo? ¿Qué ha hecho en el lugar? ¿Por qué no escribe? Beatriz está con el alma en un hilo.

—Quiero verla. ¿Puedo verla? —dijo Paco.

—Ahora mismo. Entra. ¿Traes noticias de don Braulio?

—Sí.

—Pues entra.

—¿Está Inés con su hermana?

—Inés no se ha levantado aún.

—Mejor —dijo Paco—. Necesito ver a Beatriz a solas —añadió entre dientes.

Antes de que acabara de murmurar esta frase, antes de que entrara en el saloncito de doña Beatriz, apareció ésta en la antesala, y asiendo cordial y apretadamente las manos de Paco entre las suyas, exclamó:

—¿Qué es esto? ¿Y Braulio? ¿Dónde está? ¿Cómo no viene contigo? Estoy llena de zozobra. ¿Qué sucede, Dios mío? ¿Qué sucede?

Hablando así, entraron ambos en el salón. El ama Teresa fue tras ellos.

—Déjanos, Teresa. Luego vendrás. Tengo que hablar con Beatriz —dijo Paco.

Este misterio pareció aumentar el sobresalto de la linda muchacha.

El ama Teresa salió de la sala regañando.

Ya solos Paco y Beatriz, dijo ésta:

—¿Qué misterios son los tuyos? ¿Qué me vas a decir? Habla. Todo es mejor que la ansiedad, que la duda en que me tienes. Mi mal no será más horrible, mi desventura no será más honda en realidad que lo que me finge ya la fantasía. Habla. ¿Dónde está mi marido? ¿Qué hiciste de él? ¿Por qué no viene en tu compañía?

—Tu marido no ha ido al lugar. Mal puede venir conmigo. Tu marido no ha salido de Madrid. Aquí está. Aquí vengo a buscarle.

—Es imposible. Braulio no miente nunca. Braulio me dijo que iba a verte. Le habrá ocurrido alguna desgracia en el camino. Estará enfermo, muerto quizá en algún pueblo del trayecto. Braulio fue a verte. Braulio no me ha engañado.

Paco Ramírez, que no era hombre muy dado a perífrasis y rodeos, y que, además, creía que era urgente e indispensable una pronta explicación, dijo entonces:

—Braulio te ha engañado porque creía que tú le engañabas.

—No puede ser —respondió Beatriz, subiendo la roja sangre a sus mejillas—. ¿Quién ha inventado esa infamia? ¿Quién ha dicho esa locura?

—El mismo Braulio.

—¿Cómo? ¿Cuándo? ¿Dónde le has visto?

—No le he visto. He recibido carta suya.

—Dámela. Quiero leerla.

—¿Tendrás valor para leerla?

—Dios me dará valor para todo. Dame tú la carta.

Paco vacilaba aún.

—Dame la carta —volvió a decir doña Beatriz.

—Te la daré —contestó Paco—; pero antes exijo de ti una cosa.

—Di, pide pronto.

—Vas a responder con sinceridad a lo que te pregunte: vas a declararme la verdad desnuda: no como si respondieses a tu hermano, sino como si respondieses a tu propia conciencia; como si estuvieses ante el tribunal del Eterno y fuese Él quien te interrogase.

—Pregunta. No receles. No manchará mis labios la mentira.

—¿Amas a Braulio?

—Con todo mi corazón.

—Braulio es feo y tú hermosa. Braulio es viejo... ¿Le amas de amor?

—El alma de Braulio es hermosa; el alma de Braulio es inmortalmente joven. Sí; le amo de amor.

—¿No has amado nunca a otro hombre?

—Nunca.

—Mira bien en el fondo de tu alma. Beatriz, ¿no has amado nunca a otro hombre?

—Apenas comprendo lo que me quieres decir; pero no ha de quedarme el menor escrúpulo. Voy a escudriñar en el abismo más hondo de mi mente; voy a buscar allí y a hacerte patentes mis más ocultos pensamientos; las ideas vagas y confusas de que yo misma no me he dado cuenta hasta ahora.

—Di, Beatriz.

—Digo que nunca amé de amor sino a mi marido; que no creo haberle faltado una sola vez, ni con el más fugaz pensamiento, ni con el más efímero deseo mal nacido.

—¿Es cierto lo que dices? ¿No te acusa la conciencia de la menor falta?

—¿Cómo he de declararme impecable? Paco, sí; la conciencia me acusa, pero no me atormenta; dame la carta: acabemos. ¡Qué interrogatorio! ¡Qué dilaciones crueles! ¿Has venido a matarme?

—No, Beatriz. Dime, sin embargo, ¿de qué te acusa la conciencia?

—Soy vanidosa, lo confieso. Ahora que presiento una desventura, veo que es pecado lo que yo no creía que lo fuese. Yo misma me examino, me juzgo y me condeno. Mira, Paco: yo he creído que un hombre me amaba, y, aunque no pagaba su amor, me complacía y me enorgullecía de que me amase. Su amor estaba de tal suerte refrenado por el respeto, que jamás se mostró en palabras. Yo le adivinaba; no le veía. Y yo le adivinaba, no como pasión que tuviese en sí la menor impureza, sino como sentimiento etéreo, inmaculado, que no es amor, ni es amistad; que no ha de tener nombre; que es inefable en todo lenguaje de la tierra; que si tiene nombre ha de ser en el cielo. ¿Qué quieres? Vanidad de mujer. Novelas ridículas que nosotras nos forjamos en la imaginación y que, sin duda, no tienen realidad alguna. El hombre que así me acata, el hombre que así me considera y admira, es el más discreto, el más elegante de la aristocracia de Madrid; es celebrado por su gentil presencia, por su gracia, por su valentía y hasta por sus conquistas amorosas. Al verle tan rendido conmigo, al notar lo que se deleitaba en oírme hablar, lo que celebraba mi talento, lo que se afanaba por agradarme y porque yo tuviese de él el mejor concepto, no lo niego, mi orgullo de mujer estaba muy lisonjeado. Juzgaba yo valer más, cuando había inspirado tan noble afecto a aquel hombre. Mi propia vanidad me movía a formar a mi vez un concepto, quizá exagerado, de todas sus prendas personales. Aquel hombre, que también, en mi sentir, me comprendía, valía mucho más a mis ojos. La gratitud hacia aquel hombre en mis momentos de modestia, cuando yo creía que yo no se lo debía todo a mi propio mérito, llenaba mi corazón. Jamás, sin embargo, le he amado. Todas las noches, desde hace meses, hablo con él más de una hora en voz baja. Me elogia, me dice mil corteses rendimientos;

pero de amor no me habla. Entre él y yo existen tácitamente estas extraordinarias relaciones. ¿Es esto pecado? ¡Ah! Yo creo que sí. Ahora creo que sí. Me lo dice el corazón. Braulio está celoso. Pero, Dios mío, ¿por qué no me lo ha dicho? ¿Por qué no se ha quejado? Yo le hubiera pedido perdón. Yo le hubiera repetido mil veces que le amaba. Yo le hubiera renovado mis juramentos. Yo hubiera puesto término a la insana poesía, a la soñada historia que solo a mi vanidad satisfacía. Pero no: Braulio tiene razón, Braulio es delicado. Un marido no debe tener celos. No debe decir a su mujer que sospecha de ella. Sería una indignidad, una vergüenza de que él no es capaz. Y yo, necia, ciega, que no he comprendido hasta hoy lo peligroso y absurdo de mi conducta. ¿Quién sabe? Tal vez los maldicientes lo han entendido todo de la peor manera. Tal vez han mancillado mi honra y la de mi marido. Tal vez han tenido al cabo la crueldad de acusarme. Vamos, Paco; ya lo sabes todo. No me mates. Dame la carta. ¡Pronto! Dame la carta.

Paco, sin responder palabra, sin saber qué pensar de todo aquello, no atreviéndose a creer que Beatriz mentía, no atinando a explicarse cómo se mintiese tan bien, y recordando, no obstante, que en la carta de Braulio había pruebas casi evidentes de que Beatriz era culpada, le entregó por último la carta.

Beatriz la desdobló con ansia, y no la leyó, la devoró.

No interrumpió la lectura, ni con un suspiro, ni con una exclamación, ni con una queja. Se puso alternativamente colorada y pálida. Mortal palidez prevaleció al cabo. Gruesas lágrimas brotaron de los hermosos y negros ojos de Beatriz y se deslizaron por sus mejillas.

El silencio era completo. Se podían contar los latidos violentos del corazón de Beatriz y del corazón de Paco.

Otra mujer, culpada o no culpada, hubiera fingido un desmayo, se hubiera desmayado de veras o hubiera hecho extremos con sollozos, con gemidos y aun con gritos tal vez.

Beatriz, leída la carta, conocido ya todo el infortunio de su marido y el suyo, si es que a su marido estimaba, contuvo toda explosión vehemente de dolor, y dijo a Paco de esta manera:

—Reconozco mi delito. Reniego de mi estúpido engreimiento, de mi afán de lucir, de mi deseo liviano de ser admirada; pero no basta todo ello para explicar esta desventura. Soy víctima de una trama infernal; de una serie de coincidencias fatales. ¿Quién sabe, Dios mío? ¿Quién sabe? Pero es muy duro, es tremendo, es cruel el castigo que cae sobre mi cabeza. ¿Por qué no me mató? ¿Por qué tuvo compasión de mí? Yo hubiera despertado al sentirme herida. Yo le hubiera perdonado. ¿Qué digo... le hubiera perdonado? Yo le hubiera pedido perdón y hubiera sido dichosa muriendo en sus brazos. ¡Cuánto me ama! Este amor sí que vale. En este amor sí que debiera yo haber cifrado siempre mi orgullo. ¿Por qué le he descuidado, hasta perderle tal vez, desvanecida yo, loca, atolondrada por una vanidad mezquina?. Y él me besó mientras yo dormía, en vez de matarme, como yo merecía de veras. Vino a darme de puñaladas y me dio besos de amor, y lloró de ternura, y me halló hermosa y me contempló extasiado. Paco, hermano mío; corre, ve al Ministerio, ve a todas partes, búscale; dile que le amo; tráele vivo a mis brazos; devuélvemele para que me perdone. ¿Qué haré, Jesús mío? ¿Qué haré? Estoy por salir a buscarle yo misma, como loca. Solo me detiene el temor de que sean mayores el escándalo y la vergüenza. Hermano mío, por piedad, corre; busca a Braulio. Temo, tiemblo por su vida. ¡Qué horror! Él no me ha dado muerte: él me ha besado, creyéndose mortalmente ofendido. Y, en pago de tanto amor, yo le mato.

Paco estaba mudo, extático, lleno de asombro, con la boca abierta, y sin saber qué pensar ni qué decir.

Beatriz, con más agitación, contrariada, impaciente por la inmovilidad de Paco, prosiguió de esta suerte:

—No te detengas: vuela, busca a Braulio. Se va a matar si te tardas. Dile pronto que le amo, que le idolatro; que su beso vale más que todas las satisfacciones y vanaglorias; que su amor me enamora; que la belleza divina de su alma excede para mí a toda la belleza de las demás criaturas de Dios. ¡Que yo le vuelva a ver, cielos santos! ¡Que yo me arroje a sus plantas y le pida mil veces perdón! ¡Que yo le pague el beso que me dio dormida, exhalando mi alma, infundiéndola en la suya con un beso eterno... infinito!

Mientras Beatriz hablaba, iba empujando a paco fuera del saloncito; le iba echando a empellones de la casa.

Ya en la antesala, Beatriz añadió:

—Ve al Ministerio; acude a la policía; busca a Braulio por todos los medios, no te detengas.

Paco salió al fin de su mutismo, y contestó:

—Sosiégate, Beatriz, yo le encontraré. Pronto estaré aquí de vuelta. No lo dudes: le traeré conmigo. Ten Confianza en la bondad de Dios.

Dicho esto, abrió la puerta, salió de la habitación y bajó precipitadamente la escalera.

Doña Beatriz volvió vacilando y tropezando hasta la sala. No podía ya sostenerse. Cayó desplomada en el sofá.

Después de un instante de calma y de silencio, rompió en gemidos y sollozos y vertió un mar de lágrimas.

Acudió entonces el ama Teresa.

—¿Qué te pasa, hija? ¿Por qué lloras?

—Déjame, ama, déjame —contestó doña Beatriz—. Soy la más desventurada de las mujeres.

El ama Teresa insistió en vano en idénticas o semejantes preguntas.

Beatriz no le contestaba sino rogándole que la dejase.

Cansada, pues, y hasta algo picada de aquel sigilo con que de ella se recataba Beatriz, el ama Teresa se salió de la sala y se fue al cuarto de Inesita.

—Niña —dijo—, ¿no te levantas hoy?

Inesita, medio dormida aún, si bien tenía abiertas ya las maderas de la ventana, y el Sol inundaba su cuarto, se incorporó un poco y contestó:

—Pues ¿qué hora es?

—Las nueve y media; cerca de las diez. De sobra es hora de que te levantes. Además, es menester que te levantes. Hay grandes novedades. Paco Ramírez ha venido.

—¿Con mi cuñado? —preguntó Inés.

—Sin tu cuñado —dijo el ama.

—¿Y dónde está? ¿Se quedó en el lugar? ¿Por qué no viene?

—Lo ignoro. Solo sé que tu hermana está llorando como jamás la he visto llorar. Sin duda ha ocurrido alguna gran desgracia. Beatriz nada ha querido decirme; pero algo ocurre de muy grave y lastimoso. Levántate, hija. Ve a consolar a tu hermana y a saber la causa de su dolor.

Inesita saltó de la cama llena de sobresalto. Se puso una bata, sin atender a más cuidado, por la precipitación, y corrió al saloncito, donde Beatriz se hallaba.

XXI

—¿Qué tienes, hermana? ¿Por qué lloras? —preguntó Inesita con mucho cariño apenas entró en el saloncito y vio a Beatriz tan afligida.

Como Beatriz no le contestase y siguiese llorando, Inesita se inclinó sobre el sofá en que estaba echada Beatriz, y volvió a hacerle las mismas preguntas, acompañadas de besos y caricias.

Beatriz no pudo ya resistirse; sentía, además, necesidad de desahogar su corazón, e incorporándose y teniendo a Inés a su lado, dijo con un suspiro:

—¡Qué desgraciada soy, Inés!

—¿Qué sucede? —interrumpió ésta.

—Que por mi culpa Braulio está celoso y se ha ido de casa y puede que no vuelva más.

—¿Y de quién tiene celos?

—Tiene celos del conde de Alhedín.

—¡Vaya un desatino! —dijo Inesita—. Pues qué, ¿no ve claro que el conde no tiene por ti mas que mera amistad?

—Eso no —dijo candorosamente Beatriz, la cual, en medio de todo, amando a don Braulio, llena de sobresalto por él, y arrepentida de su intimidad con el conde, no podía conformarse con que el conde no estuviese enamorado de ella.

—Eso no; yo creo que el conde me ama; pero yo no le he amado nunca.

—Singular idea tienes del conde, hermana. Créeme, hombres como él no aman sin ser amados. El conde te distingue, te aprecia, te halla linda y agradable y discreta, y por eso habla contigo. Como es muy galante, te hace doscientos mil elogios; pero de ahí al amor hay una distancia infinita.

—¿Y quién te asegura que no ha salvado él esa distancia? —preguntó Beatriz.

—Nadie me lo asegura —contestó Inés—; pero yo lo supongo. En todo caso, lo mejor es que no te ame. ¿Habías tú de amarle?

—No.

—Pues entonces, ¿para qué querías esa víctima?

—Yo no quería... ni dejaba de querer... no se trataba aquí de lo que yo quería, sino de lo que era. El conde estaba asiduo conmigo, y yo, lo confieso, me complacía en sus asiduidades. No le amaba; pero sentía una satisfacción de amor propio en creerme amada por él. Esto me ha perdido.

—Vamos, hermana, tranquilízate. Nadie se pierde por tan poco. Si tu marido tiene celos, con explicarle que no hay motivo para que los tenga, estará todo terminado.

—¿Y cómo se lo explico? ¿Dónde podré verle? ¿No te he dicho que se fue y no volverá más? Quizá se mate.

—Tales cosas me dices que empiezas a ponerme en cuidado, aunque no soy de las que se ahogan en poca agua. Braulio es suspicaz y caviloso; Braulio te adora; Braulio tiene de sí mismo, allá en el fondo del alma, la noble estimación que debe tener; pero de sus prendas exteriores no tiene buena idea. Su modestia en este punto traspasa los límites de la humildad y raya en desconfianza. Aunque te adora, aunque ha creído siempre en tu amor, opina en general poco favorablemente de las mujeres; cree que el lujo, la brillantez, la elegancia y la alta posición nos deslumbran.

—Y no cree mal. A mí me han deslumbrado, no para dejar de amar a Braulio y amar a otro, sino para complacerme en otro amor sin pagarle.

—Mira, hermana, no es tiempo de recriminaciones. Si hiciste mal en complacerte en ese supuesto amor, ya el arrepentimiento es tardío y estéril. Busquemos remedio a tu ligereza. ¿Ha ido Paco a buscar a Braulio?

—Ha ido.

—¿Y el conde? El conde es menester que también le busque. El conde puede y debe explicárselo todo, y negocio concluido.

—¿Y qué es lo que el conde tiene que explicarle?

—Que te respeta, que te quiere muchísimo, que se deleita en hablar contigo; pero que no te ama de amor, ni en ello ha pensado nunca.

—¿Y no mentiría el conde al decir eso?

—No, hermana, ya es tiempo de declarártelo todo —aquí, Inesita, a pesar de su serenidad, que varias veces hemos calificado de olímpica, se puso roja como la grana—. Ya es tiempo de declarártelo todo —repitió—; el conde tiene relaciones conmigo.

Estas palabras cayeron y estallaron como una bomba dentro del corazón de Beatriz. Malo y horrible era haber lastimado el alma de don Braulio por la satisfacción de verse idolatrada, según ella suponía; pero era peor y más horrible el haber motivado la tragedia por una vanidad sin fundamento; por haberse engañado ella a sí misma, creando en su fantasía una adoración y un amor que eran para otra mujer y no para ella.

Beatriz se mordió los labios de vergüenza y de despecho. Calló por un momento; pero las palabras acudían a su boca pugnando por salir y no pudo menos de exclamar al cabo:

—¡Has estado cruel y has sido traidora! He servido de pantalla. Me habéis hecho el blanco de la maledicencia. Os habéis conducido de suerte que todo Madrid me calumnia, que mi marido recibe anónimos delatándome, y que tal vez muera de dolor o se mate. Debéis estar satisfechos de vuestra obra.

—Bien sabe Dios —dijo Inés— que me duele en el alma de todo lo que te pasa; pero ni el conde ni yo tenemos la culpa. Tú y Braulio sois muy extraños, cada cual a su manera; ambos os quebráis de sutiles, os pasáis de listos y os excedéis en el imaginar. Aquí no ha habido propósito deliberado de mi parte, ni de parte del conde. Todo ha sido sencillo, natural, impremeditado. Acuérdate bien de todo. Vimos al conde en los Jardines del Buen Retiro, y me excitaste a coquetear con él. ¿Es esto cierto?

—Lo es.

—¿Es cierto que hasta me diste lecciones de coqueteo, con el fin... pásame lo grosero de la expresión... más grosera es la idea... con el fin de ver si lograba pescarle para marido?

—También es cierto; no lo puedo negar.

—¿No te respondí yo entonces que el conde estaba prendado de ti y no de mí, y no replicaste tú que la conquista debía hacerla yo y no tú?

—Todo es como dices.

—Pues bien, yo coqueteé siguiendo tu consejo, y todo te lo hubiera confesado, si no hubiera advertido enseguida que iba a darte un disgusto; si no hubiera advertido que, sin amar al conde, te deleitabas en verle o en creerle rendido a tus pies. En un principio había hasta un motivo de delicadeza para no revelarte nada. Decirte que yo empezaba a coquetear con el conde hubiera sido excitarte a que desistieses de la diversión de tenerle o de creer que le tenías enamorado y cautivo.

—Eso debiste hacer si hubieras sido franca y leal —dijo Beatriz.

—Difícil era hacerlo en un principio. Más tarde fue imposible. El mismo conde (¿qué quieres?, los hombres son fatuos) llegó a presumir que tú le amabas, que tu amor era etéreo, purísimo, que estimabas a tu marido y que jamás le ofenderías; pero, en fin, que angélica o seráficamente le amabas. ¿Cómo desengañarte? Creyéndote él y yo en aquella disposición de espíritu, nos movimos más al disimulo, el cual, te lo confieso, ha sido extraordinario. Nos hablábamos poco, y nos escribíamos mucho. No podíamos suponer que nuestro amor tuviese las consecuencias desagradables que ha tenido. El conde estimaba a Braulio. Braulio estaba tan encantado del conde, que no recelaba de él, y que no vivía sin él. Braulio, que ha sido siempre tan hurón, buscaba al conde y charlaba con él y jamás tenía celos de que hablase contigo. ¿Quién hubiera podido imaginar que los celos viniesen de repente, a deshora y cuando menos se temían?

—Inés, Inés, tu falsía ha sido espantosa, y solo comparable con tu liviandad.

—Toda injuria que me dirijas ahora la llevaré con paciencia. Soy culpada, muy culpada: pero te juro que jamás preví que pudieran haber tenido mis culpas tan fatales consecuencias para ti. Quisiera yo volverte la paz a costa de mi sangre. Quisiera morir para que tú y Braulio fueseis dichosos. La maldad, el pecado de que me motejas, le reconozco, le confieso, y estoy pronta a recibir por él el merecido castigo. No voy, pues, a disculparme, sino a explicar mi conducta. Así me comprenderás, aunque no me perdones. Seguí tu consejo y coqueteé con el conde, porque el conde me enamoró. Fríamente, por cálculo, jamás hubiera coqueteado con él. Indigna he sido; pero, según mi conciencia, hubiera sido más indigna haciendo otra cosa que el mundo no reprueba, sino aplaude; atrayendo con astucia al conde, con persistencia reflexiva, sin más pasión que el deseo de colocarme; esto es, de lograr un título, quince mil duros de renta al año y una brillante posición. Seré todo lo perversa que quieras, pero eso jamás lo hubiera yo hecho, y eso era lo que, siguiendo la prudencia social, me aconsejabas tú. Pobre, huérfana de un hidalgo lugareño, arruinado, y cuñada de un triste empleadillo en Hacienda, que casi me mantiene, mi orgullo se rebelaba contra la idea de conquistar dinero, nombre preclaro y consideración en el mundo, negociando con mi hermosura, por más que el matrimonio viniese como a santificar luego mis cálculos ruines. Te repito, pues, que seguí tu consejo de coquetear, no por reflexión, sino por instinto; no con estudio y cautela, sino ciegamente y poniendo en ello todo mi ser y toda mi alma. Todavía, si el conde hubiera sido pobre como yo, oscuro como yo, menesteroso como yo, yo le hubiera dicho: cásate conmigo; pero siendo quien es, me repugnaba decírselo. Decírselo, era como decirle: porque te amo, dame diamantes y perlas, llévame en coche, haz que habite en un hermoso hotel, coloca una corona de condesa sobre mi frente, cómprame muebles bonitos, cuadros y estatuas; tenme criados que me sirvan al pensamiento; proporcióname, en suma, cuantas elegancias y comodidades trae el dinero consigo, y después obtendrás el goce y la posesión de mi alma y de este amor vehemente que te profeso, por más que esté refrenado y domesticado por la circunspección más severa. Yo no quise, ni pude decir esto al conde, y esto hubiera sido menester decirle, aunque atenuado con rodeos y primores de estilo. Por no decirle esto, porque me repugnaba decírselo, y porque le amaba, me he rendido sin condiciones, le he abandonado mi alma y mi vida. Lo justo, lo honrado, hubiera sido no coquetear con él, no atraerle, ni para conquistar su mano con calculadora frialdad, ni para faltar como he faltado.

—¡Desdichada! —exclamó Beatriz—. Aún no sabes las consecuencias tremendas de tu falta. Braulio, por esa falta tuya, cree tener una prueba evidente de la falta que en mí supone: ha visto al conde, tres noches ha...

—¡Dios mío! —dijo Inesita.

Toda su serenidad olímpica desapareció entonces al fin. Se cubrió el rostro con las manos y rompió a llorar como una Magdalena.

XXII

Paco Ramírez, entre tanto, había buscado inútilmente a don Braulio por mil partes y de mil modos.

Luego discurrió ir a casa del conde de Alhedín.

El criado que le abrió la puerta le dijo que el conde dormía con tranquilidad, que aquélla no era hora de visitas, que él no le pasaba recado y que se exponía a que le tirase a la cabeza los libros, el vaso de agua y cuanto tenía sobre la mesita de noche.

Paco insistió, sin embargo, con tal brío, hablando de lo importante, urgente y sagrado del asunto que le traía a hablar con el conde, que el criado, que dio la casualidad de que era su ayuda de cámara, se decidió al fin a llamar al conde.

Bien advirtió Paco que la palabra mágica que le abría la puerta de aquel encantado recinto era el nombre de la señora de don Braulio González, por quien dijo que venía enviado.

Fuese como fuese, le hicieron entrar en el despacho, donde aguardó más de media hora bramando de cólera y de impaciencia.

El conde, no obstante, había hecho prodigios inusitados de prontitud para vestirse.

Al cabo apareció.

Paco, que venía muy fosco contra él, se quedó pasmado de la afabilidad, llaneza y dulzura de aquel elegante, cuyo igual o parecido no había visto jamás en su lugar; pero cuando subió de punto su pasmo fue cuando, después de referir precipitadamente lo ocurrido, notó el vivo interés y la emoción profunda que agitaban el alma del conde y que se retrataban en su bello rostro.

—Vamos a buscar a don Braulio por todas partes —dijo—; Dios querrá que demos con él. Doña Beatriz le quiere: es incapaz de faltarle. Yo le convenceré de la inocencia de doña Beatriz. ¿Quién será el autor del infame anónimo? Alguna malvada mujer. ¡Dios mío! ¡Qué horror! No me lo perdonaré nunca si ocurre alguna desgracia.

Dicho esto, el conde dio órdenes a sus criados, escribió a los jefes de la policía, tomó, por último, el sombrero, y ya se disponía a salir él también en compañía de Paco a buscar al desesperado marido de doña Beatriz, cuando le anunció su ayuda de cámara que un dependiente de uno de los juzgados de Madrid traía para él una carta que debía entregarle en propia mano.

El dependiente entró en el despacho y entregó la carta al conde.

Estaba cerrada y sellada con lacre.

En el sobrescrito reconoció el conde con asombro la letra de don Braulio.

Abrió el conde la carta, no sin bastante zozobra, y temblándole las manos y con la cara demudada, leyó lo siguiente:

«Señor conde: Yo no podía servir en el mundo sino de estorbo. Cuando reciba usted estos renglones el estorbo no existirá ya. Que la propia conciencia perdone a los que me han hecho padecer, como yo los perdono.»

—¿Dónde se ha hallado esta carta? —preguntó el conde.

El portador de ella contestó:

—En el bolsillo de un hombre que hace media hora se arrojó de cabeza por el viaducto de la calle de Segovia. No sabemos quién es. Usted, señor conde, nos dirá el nombre del difunto.

—Don Braulio González —dijo el conde de Alhedín.

Cuando supo Beatriz la muerte de su marido, su dolor tocó en los límites de la desesperación; mas no le resucitó por eso.

Inesita estuvo también punto menos que desesperada.

El conde, compungido por todas aquellas lástimas, se esforzó por consolar a Inés: todo le parecía poco para consolarla. Venció la oposición de su madre, que no gustaba de casamiento tan desigual, e Inés, al año de muerto don Braulio, fue condesa de Alhedín.

Paco, que había quedado burlado en sus esperanzas, decía con este motivo:

—Inesita, por no ser fríamente calculadora, ha conseguido lo que con el cálculo frío no hubiera conseguido acaso: bien es verdad que, para conseguirlo, ha sido menester que don Braulio se mate.

Más de dos años vivió Beatriz, de viuda, con el más profundo y sincero duelo en el alma.

Se retiró al lugar de su nacimiento, donde hizo vida ejemplar y propia de una santa.

A la memoria de don Braulio rendía verdadero culto.

Aquel beso, que estando él celoso y dormida ella y le dio don Braulio, en vez de matarla, como pensaba, le sentía ella en lo íntimo del corazón y difundía en su espíritu suave y pura melancolía.

La modestia y el recogimiento de doña Beatriz hacían que gastase poquísimo en su persona, así es que le sobraba mucho, en proporción de su corta hacienda, y todo lo consumía en obras de caridad,

Paco Ramírez, testigo de todo esto, y única persona que veía a doña Beatriz en su soledad, acabó por enamorarse de ella perdidamente.

Ya hemos visto lo sensible que era doña Beatriz a que de ella se enamorasen. Primero, agradeció. Después luchó contra el recuerdo de don Braulio una naciente inclinación. Por último, la pobre doña Beatriz no era de bronce; pasados más de los dos años, el amor nuevo venció los recuerdos del amor antiguo.

Paco y Beatriz se casaron: y Paco borró con besos, que dio a Beatriz despierta, la impresión al parecer indeleble de aquel beso tan poético que ella había recibido dormida.

Paco, algo recelosillo, como buen lugareño, se guardó bien de llevar a Madrid a Beatriz, no hiciera el diablo que se le antojase de nuevo que el condesito estaba enamorado de ella seráficamente.

Éste y su mujer siguieron siempre en la corte siendo dechados de elegancia.

Inesita, luego que pasó tiempo, filosofó con serenidad acerca de don Braulio y explicó su muerte de un modo satisfactorio para ella.

Don Braulio se había suicidado porque era tétrico de carácter; porque tenía menos religión que un caballo; porque estaba desesperado de ser feo y enclenque; porque había cometido la imprudencia de haberse casado con mujer joven y hermosa; porque tenía el ridículo empeño de ser adorado; y porque el amor, que no tenía, por carencia de fe, para las cosas del cielo, le había puesto en algo de mundanal y finito que no lo merecía, empeñándose en revestir a este ídolo de calidades y excelencias que solo a los seres sobrenaturales con vienen.

En suma, Inesita daba por evidente que lo mejor que don Braulio podía haber hecho era matarse.

No creemos que Inesita tuviese gran erudición clásica; pero si la hubiera tenido, hubiera repetido, a propósito de don Braulio, cierto verso, nos parece que de Homero, que dicen que declamó Escipión al saber la muerte de Cayo Graco, su sobrino, y que en mal romance y peor prosa se interpreta así: Perezca como él quien imitare su ejemplo.

Libros a la carta

A la carta es un servicio especializado para

empresas,

librerías,

bibliotecas,

editoriales

y centros de enseñanza;

y permite confeccionar libros que, por su formato y concepción, sirven a los propósitos más específicos de estas instituciones.

Las empresas nos encargan ediciones personalizadas para marketing editorial o para regalos institucionales. Y los interesados solicitan, a título personal, ediciones antiguas, o no disponibles en el mercado; y las acompañan con notas y comentarios críticos.

Las ediciones tienen como apoyo un libro de estilo con todo tipo de referencias sobre los criterios de tratamiento tipográfico aplicados a nuestros libros que puede ser consultado en Linkgua-ediciones.com.

Linkgua edita por encargo diferentes versiones de una misma obra con distintos tratamientos ortotipográficos (actualizaciones de carácter divulgativo de un clásico, o versiones estrictamente fieles a la edición original de referencia).

Este servicio de ediciones a la carta le permitirá, si usted se dedica a la enseñanza, tener una forma de hacer pública su interpretación de un texto y, sobre una versión digitalizada «base», usted podrá introducir interpretaciones del texto fuente. Es un tópico que los profesores denuncien en clase los desmanes de una edición, o vayan comentando errores de interpretación de un texto y esta es una solución útil a esa necesidad del mundo académico.

Asimismo publicamos de manera sistemática, en un mismo catálogo, tesis doctorales y actas de congresos académicos, que son distribuidas a través de nuestra Web.

El servicio de «libros a la carta» funciona de dos formas.

1. Tenemos un fondo de libros digitalizados que usted puede personalizar en tiradas de al menos cinco ejemplares. Estas personalizaciones pueden ser de todo tipo: añadir notas de clase para uso de un grupo de estudiantes,

introducir logos corporativos para uso con fines de marketing empresarial, etc. etc.

2. Buscamos libros descatalogados de otras editoriales y los reeditamos en tiradas cortas a petición de un cliente.